ASET

Volume 2

Narrativa

Elena Coppi

Gocce di Emilie

Antologia di racconti

con la prefazione di:

Giusy Cascio

Eclypsed Word

Editing e impaginazione: R. D. Hastur

Copertina: Davide Romanini

ISBN: *978-88-6817-024-0*

Pubblicato da **Eclypsed Word**

Marchio di **Kreattiva Edizioni**
Via Primo Maggio, 416, 41019, Soliera (MO)
Tel. +39 3316113991 +39 3392494874
Cod. Fisc. 90038540366
Partita IVA 03653290365

A mio nonno,
avvocato e deputato dell'Assemblea Costituente,
un maestro di dignità ed esempio di coerenza
nella fede politica e nella vita stessa.
Coraggioso, tenace ed altruista,
riconosciuto e stimato da tutti
come un parlatore piacevole
e uno scrittore efficace.

A tutta la mia famiglia che vive nel suo amabile ricordo.

'Non per presunzione, ma quando io parlo,
in linea generale,
è difficile che dica delle cose assolutamente inesatte.
Può darsi, al massimo, che siano parzialmente inesatte.'

(Alessandro Coppi,
da "Atti Parlamentari", Camera dei Deputati,
"Discussioni – Seduta pomeridiana del 25 settembre 1951"

Prefazione

di Giusy Cascio

Donna Moderna

*I racconti di Elena Coppi sono gocce di vita,
distillati al momento, che fanno bene allo spirito.
C'è dentro tanta luce: la luce che rischiara l'alba
dopo una notte di incubi, la luce di una lampadina
che accende un'idea, la luce tiepida di una candela
profumata quando fai un bagno rigenerante.
La scrittura è per Elena un elemento naturale.
Forse ancora aspra, acerba a tratti. Ma in lei anche
l'incertezza ha un guizzo.
Come la sorpresa negli occhi di un bambino che
muove i primi passi, come il sorriso di un
adolescente innamorato.
Non c'è ferita che non possa guarire, ci dice Elena
nella sue storie.
Non c'è lettore che non possa, con la fantasia,
viaggiare in un mondo migliore.*

Fascio di sangue

Il castello

Arrivò. Era passato tanto tempo dall'ultima volta. Dal finestrino del passeggero entravano, singolari, voci dal timbro sconosciuto e un rumore vibrante di battere d'ali in lontananza. In una voliera costruita intorno al gran ceppo di un albero abbattuto dalla folgore, i colibrì succhiavano la sostanza zuccherina rossa suggellata dentro una coppa colma del nettare artificiale. Trilli e brevi note acute emesse in volo alternavano la composizione del canto d'amore del maschio dal piumaggio iridescente. Ali acrobatiche sfidavano lo spazio limitato della voliera, antica e priva della freschezza originaria.

Man mano che l'automobile avanzava, le immagini della sua memoria scorrevano veloci come la pellicola di bei ricordi racchiusi in fotogrammi istantanei.

La stretta carreggiata consumata dal tempo e dalla pioggia procedeva tortuosa e sconnessa.

Il rumore improvviso di ferro battuto lo riportò al ricordo ancora vivido del maestoso cancello d'ingresso che, come una persona agitata in attesa del grande ospite, dondolava leggermente da una parte all'altra, ansioso ma allo stesso tempo accogliente, con le ante aperte simili a braccia ospitali ma memori del freddo degli inverni precedenti.

Giulio aveva avvertito una leggera brezza primaverile. I profumi e i suoni provenienti dalla natura facevano pensare a una rinascita. O forse erano le sue aspettative mature a volere che ciò sembrasse tale.

L'autista si fermò appena dopo quell'ultima curva, dietro la quale si apriva un ampio cortile all'aperto rivestito di pietrisco, che contornava in maniera irregolare le fitte aiuole. Queste erano piene di piante e di alberi in attesa di fiorire dopo il lungo letargo invernale.

Qui il susseguirsi delle stagioni si era completamente paralizzato. Giulio immaginava che nulla fosse cambiato, nel senso che tutto era rimasto come era stato lasciato, abbandonato. Le pallide descrizioni di Matilde della sera prima avevano scolorito ogni suo desiderio.

Sullo sfondo, il castello era rimasto inerme, intrappolato in un freddo ricordo.

L'autista aprì la portiera aiutandolo ad uscire dalla macchina. Aveva parcheggiato di fronte al vecchio pozzo, Giulio ne sentiva il rumore della carrucola mossa dal vento. A occhi chiusi quest'ultimo rivide il vecchio mugnaio confinante che beveva l'acqua gelida e incontaminata, mentre bambini giocavano a rincorrersi fermandosi ogni tanto ad ammirare i ciclamini appena nati e le movenze dell'uomo nel tirare su il secchio con l'acqua.

Quel ricordo svanì lasciando spazio ad altre rievocazioni che, durante la telefonata con Matilde, lo avevano distratto, anche se per poco tempo, dal quel terribile fatto accaduto nel castello.

Un quarto di luna oscurava il cielo rendendo il castello solitario nel suo canto notturno; ombre ramificate si muovevano convulse in un turbinio di note àfone, il vento della sera aveva creato piccoli vortici di foglie di magnolie che, come scarpette da punta di ballerine vestite di bianco, piroettavano sullo sfondo di un palcoscenico luttuoso.

I ricordi di Giulio da bambino si unirono alla sua immaginazione matura, ora priva di luce, oltre che ai pensieri espressi ad alta voce dall'autista, compagno da quel suo fatidico incidente. L'immagine del suo passato di un'automobile capovolta sul manto stradale bagnato gli sovvenne nel momento in cui l'autista fece una manovra azzardata nell'evitare un gatto nero che aveva di scatto attraversato il vicolo.

Il cerimoniale

L'accoglienza di Matilde fu regale, come lo era sempre stato questo posto, magico e suggestivo. La porta del castello si chiuse alle spalle di Giulio, l'eco scomparve nella notte.
Matilde lo fece entrare e sedere al tavolo imbandito per l'occasione.
Fosse un pic-nic in campagna o una cena alla presenza di un duca o un principe, fosse l'ospite un contadino o un nobile letterato, valeva per lei lo stesso principio: la ricerca della perfezione e della grazia in ogni suo gesto.

– Un goccio di tè prima di cenare? – chiese Matilde, amante del rituale orientale.

Quella sera aveva scelto elementi essenziali quali le foglie più
tenere, raccolte in tempi antichi al momento giusto e trattate con la massima cura, l'acqua più pura, le tazze del servizio preferito, l'ardore dell'enorme camino scoppiettante.

– Volentieri... – allungò la mano Giulio alla ricerca dell'infuso, bollente.

Il calore del cerimoniale si unì ai profumi che

provenivano dalla cucina. Questi portarono la mente di Giulio a immaginare magnifiche portate di chef di altri tempi, accuratamente preparate per la loro prima cena insieme in quello stesso luogo.

Il pensiero di Matilde dietro ai fornelli imponenti lo fece sorridere. Non era mai stata una cuoca, ma l'idea che quella sera lei era in quella veste per lui gli donò un senso di pace.

Era tutto buio intorno a lui. Conosceva e ricordava quel castello, oscuro ed intrigante per le sue pupille.

Una folata di vento proveniente da uno spiraglio alle sue spalle trascinò con sé impavidi tutti gli aromi verso le sue narici, desiderose quella sera di assaporare e cogliere tutte le sfumature.

La veste di seta di Matilde lo sfiorò, lasciando evaporare libera la sua nota di testa.

Lei adorava i profumi, quelli naturali in cui l'essenza madre durava per una giornata intera lasciando tracce ovunque, anche nel cuore delle persone.

Giulio avvertì lo sguardo di lei, lo immaginava leggero ed impalpabile.

Indimenticabile era il suo iride di un azzurro intenso come la sua fervida immaginazione.

Girava su se stessa cercando di perpetuare quei momenti, volteggiava con quel tipo di leggerezza inesperto che la rendeva unica. Quella volta le scarpe l'avevano condotta in un luogo inaspettato, complice. Matilde era sempre stata affascinante nello sguardo e nel portamento, anche quando da bambina aveva indossato le scarpe con i tacchi della mamma per improvvisarsi ballerina alle sue prime fantasie.

Come un colibrì, Giulio sorseggiò il calice di vino rosso, pastoso, invitante come le labbra che aveva baciato appena arrivato, dirigendosi verso il divano. Non aveva mai assaporato labbra rosse così morbide e sensuali, pur nella loro pienezza anagrafica. Egli si sentì subito a suo agio, non curante del suo bastone bianco, accecato solo dal suo incondizionato amore, ora adulto e responsabile.

Quell'incontro fermò il tempo, spontaneamente. Nessun artificio, nessun agente esterno era ora tra di loro, nessun amaro ricordo nella sospensione temporale dei loro sensi. Quel silenzio tra di loro si riempì di immagini, dolcemente. La notte era entrata nel cuore di Matilde. La bellezza del suo corpo toccò le mani di lui, i suoi sensi, in profondità.

L'attrazione della mente di lei non gli lasciò la possibilità di sottrarsi. Per lui assistere alla propria vita attraverso il riflesso delle emozioni di una donna affascinante di classe e di spirito che lo aveva accolto per come era fu un dono speciale. Ambire a viverla davvero, delicatamente, storia reale, concreta.

Complici, vollero amarsi nella consapevolezza di

ogni gesto, lento, maturato ed invecchiato con coinvolgimento.

I loro corpi s'impreziosirono di vita, nuovamente, per un istante, soddisfatti.

Una coperta bianca sul divano li aveva tenuti avvolti, riscaldandoli nei loro corpi e nelle loro menti.

Si abbracciarono intensamente, accompagnando i loro sospiri con parole sussurrate alle orecchie. Si alzarono dal divano, era arrivato il momento di ritornare a sedersi al tavolo della cena, preparata con cura e lasciata a metà.

La moneta

Una lieve risata uscì dalle labbra appagate di Giulio,
quando gli sovvenne un piacevole ricordo.
Una delle ultime volte che si erano visti da bambini
era stata durante la Santa Messa nella Cappella di
famiglia, proprietaria del castello, conosciuta ed
amata dai paesani, dove egli chierichetto aveva
raccolto la questua assieme a lei, figlia dei nobili
signori.
Erano piccoli, sorridenti, coraggiosi di natura.
Ritornare in questo posto dopo oltre cinquant'anni
gli fece salire, in un crescendo amplificato, un
brivido dal cuore fino alla bocca, che pronunciò un
semplice 'Che onore!' volendo significare la
gratitudine e l'amore che provava per lei, in quel
preciso istante.
I ricordi di quegli ambienti risalirono fugaci nella sua
mente, i loro giochi di bambini in mezzo alla
campagna circostante illuminarono il suo volto.
Matilde ne percepì il calore, il rossore sulle guance.
Egli cavaliere della tavola rotonda posizionata in
mezzo al salone principale del castello, ella
principessa innamorata e appassionata di quegli
spazi, di quei colori, delle infinite storie raccontate
da sua nonna durante i temporali quando erano le
candele a combattere contro la prepotenza degli
inferi.

Il castello era stato abbandonato dalla famiglia di Matilde quando, negli anni successivi alla seconda guerra mondiale, trovarono il padre morto.

Il castello non fu più vissuto né custodito da quel momento, il dolore fu talmente profondo che il luogo rimase chiuso fino a quando lei, unica erede aiutata da cugini, ne riprese le sorti, riaprendo il castello principalmente come residenza estiva.

I profumi della cena cercavano di rimanere protagonisti fieri del sottofondo acre ed umido che proveniva dalla serra adibita a biblioteca, quella con le vetrate vestite da tendoni neri che, gli rivelò, non fu mai aperta da quell'infausto giorno quando trovarono il corpo esanime del padre.

Situato ai piedi di una distesa di colline che, come eroine intrepide, ne cingevano la prospettiva in segno di difesa e protezione, il castello si era assopito per decenni senza muoversi minimamente, come una persona in coma profondo accerchiata da angeli, custodi della sua rinascita, logorante.

– Che bel casino!

Gli ritornarono in mente le parole che pronunciava spesso da bambino per diletto, dopo che Matilde gli svelò la vecchia mappa del castello il quale, già dai primi del Novecento, era stato definito come "Casino di Campagna".

Quella mappa fu per tanto tempo la protagonista del loro castello incantato.

Da quella volta Giulio ne imparò il significato, Casino inteso come casa signorile di campagna, nel caso specifico di origini medievali situato lungo le sponde di un fiume il cui letto era stato ormai abbandonato alle incurie del passato.

La mappa riproduceva lo stemma della casata nobiliare, ancora conservato nel tempo: una colomba come simbolo di pace, posata su di una coppa, simbolo di ospitalità, affiancata da una torre, simbolo di fortezza, come riportato da una antica fiaba di un famoso narratore tramandata di generazione in generazione. Il tutto incorniciato in una memoria araldica dai contorni nobili e ancestrali.

Ciò che più riconduceva all'immagine di un castello era il perimetro dello stesso, delineato da cinta murarie con merli a coda di rondine.

Lo stemma scolpito in rilievo sulla porta d'ingresso aveva inizialmente attirato l'attenzione di Giulio, dandogli, nonostante tutto, un senso di sicurezza e di accoglienza. Gli fece immaginare un passato remoto in cui gli avi si erano sicuramente susseguiti con onore, perseguendo con tenacia la pace e fronteggiando con lealtà ed onore ogni sopruso.

Gli occhi eclissati di Giulio, appoggiati alla memoria del suo passato da adolescente ancora vedente, riandavano a ricordi di famiglia e di volti antichi appesi alle pareti di ogni stanza, qualche parete lasciava spazio ad ombre squadrate ed ingrigite dalla polvere che facevano immaginare vecchi quadri spostati o lasciati ad eredi di una famiglia molto numerosa.

Le pareti erano spesse e corpose come la storia dei genitori di Matilde, borghesi proprietari del Casino ai tempi della seconda guerra mondiale.

La coppia si amò intensamente e nel rispetto dei propri ideali, fu amore a prima vista: lui avvocato e parlamentare spesso dislocato a Roma perché deputato dell'Assemblea Costituente, lei di origini francesi moglie e madre della loro unica figlia, Matilde appunto.

Luci ed ombre si alternavano da una stanza all'altra, letti con testate dipinte d'oro e stufe in maiolica ricordavano il calore e l'intensità di morbide memorie.

Il castello testimoniò il loro amore, anche durante le difficoltà della guerra e del nazi-fascismo. Un vasto giardino circondava metà del perimetro del castello. La zona più affascinante ma allo stesso tempo più misteriosa era quello spazio, a ridosso del giardino, delineato da ampie vetrate coperte da tende oscuranti. Conteneva testi antichi della preziosa collezione di famiglia, quella dove studiava il deputato, avvocato e giornalista.

Proprio qui fu trovato senza vita. Nessuno seppe chi fu l'artefice del destino funesto.

Improvvisamente un altro ricordo sovvenne alla mente pensierosa di Giulio.

Matilde si lasciava condurre dal filo prezioso dei ricordi di Giulio, senza aggiungerne dei suoi, come se volesse lasciare spazio alla mente di lui di vibrare e prendere forma. La memoria di entrambi si consolò nell'aggrapparsi alla sintesi di un ricordo.

Il padre di Matilde gli aveva regalato una moneta, ripetendogli parole che non dimenticò mai:

– La fortuna viene da dentro, ricordatelo: dal tuo sapere, dal tuo coraggio di esprimere le tue idee con tenacia e fede, qualsiasi siano le tue origini. Non permettere ai disonesti di entrare nella tua casa, difendila con onore e temperamento!

All'epoca Giulio era poco più che bambino, non capì, ma quei precisi suoni ebbero il potere di catapultarlo magicamente nella corte di Re Artù, in qualità di cavaliere davanti al suo re, insignito di valori quali lealtà e coraggio, incorporati in quella moneta, che conservò e portò con sé proprio quella sera da Matilde.

La famiglia fu certamente degna dei simboli del loro emblema.

Vedendo quella moneta, Matilde raccontò a Giulio

un episodio di cui venne a conoscenza poco prima che sua mamma morisse:

– Matilde, devi sapere che tuo padre come pochi rinunciò al doppio stipendio che avrebbe potuto ricevere se avesse aderito alla lista degli avvocati del partito fascista. Lui non accettò, non volle rinunciare ai suoi ideali di fede politica e cristiana.

Per Giulio quella moneta divenne il simbolo di ricchezza interiore. La strinse ancora più forte fra le dita, strofinandola e scaldandola come alla ricerca dell'esaudirsi di un desiderio.

La biblioteca

Matilde volle riportare i sensi di Giulio ai vecchi tempi, accompagnandolo per il castello e facendogli riassaporare il vissuto attraverso l'abbraccio simbolico dei muri. Le mani di Giulio erano bramose di toccare e nuovamente sentire la geometria degli spazi e della storia passata. Per un momento l'incanto accolto da bambino in quella casa svanì per lasciare il cammino all'amarezza di alcuni pensieri, insistenti. Quanto tempo era passato da quella fatidica notte, quando l'ombra era calata per sempre in quella biblioteca.

Le stanze erano numerose, labirintiche. Il pian terreno era adibito all'accoglienza degli ospiti: l'ampio ingresso portava, attraverso un breve corridoio illuminato da una sola finestra adornata da tende in pizzo, ad un vasto salone dove erano disposti un paio di tavoli da pranzo. Una delle sedie presenti era situata a capotavola ed era a forma di trono in stile impero, che lasciava pensare che lì si fosse seduta una persona importante o comunque attorno alla quale la gente si era raccolta in ossequioso rispetto ed amore.

Un orologio a pendolo in stile ottocento aveva smesso di scandire il tempo.

Le cucine raccontavano la generosità dei pasti e l'abbondanza delle cene e dei ricevimenti vissuti. Il

primo piano era adibito alle dieci stanze da letto,
matrimoniali e singole, arredate da armadi in stile
impero che racchiudevano vestiti lasciati all'oblio del
passato e alla storia degli avi. Dal primo piano una
scala interna portava ad una torretta, dove l'odore di
muffa aveva preso il
sopravvento, lasciando un alone di umido su di una
parete. Qui i mattoni sembravano essersi incontrati
e poi allontanati per cause di forza maggiore.
Su questa parete Giulio percepì con i polpastrelli una
sorta di crepa in rilievo, come se in quel punto ci
fosse stata un'apertura o un passaggio segreto
degno delle loro stravaganze fantasiose.
Riaffiorarono subito alla mente le storie inventate
proprio assieme a Matilde, quando la seduzione
della fantasia esplodeva, trasportandoli nel mondo
del sogno nel divenire attori di storie che iniziavano
sempre con 'C'erano una volta
un re e una regina'.
Alcuni angoli della casa, in cui piccole fessure e
finestre erano chiuse da inferiate massicce,
ricordavano la presenza di sentinelle che, in tempo
di guerra, proteggevano il castello dall'ingresso di
perfidi avversari.
Da dietro tali inferiate, Matilde e Giulio riuscivano
spesso a calarsi, assieme all'amico Romano, nella
parte di guerrieri spavaldi che sparavano, con fucili a
forma di pennarelli colorati, finte pallottole

messaggere di parole che pronunciavano in segno di disprezzo e morte del nemico:

'O ferocia, muori! O cattiveria, beccati questo colpo!'
Frasi che origliavano di nascosto quando il padre di Matilde, chiuso in biblioteca assieme ad altri amici letterati e di partito, passava le serate a pianificare programmi politici di riforma e di difesa dalle vecchie dittature.

In questo dedalo di spazi svuotati e riempiti di ricordi, Matilde e Giulio si soffermarono davanti alla porta della biblioteca, sbarrata e scolorita.

Rimasero ammutoliti ed inermi.

La mano di Matilde strinse a sé quella libera di Giulio.

La mano di Giulio s'infilò nella tasca della giacca, lievemente tremolante.

Afferrò la moneta dei ricordi, incominciò a girarla, a scaldarla, ad osservarla con le dita, come se stesse cercando qualcosa; come se cercasse la verità.

Inaspettatamente qualcuno suonò alla porta.

L'Avvocato

- Entra, ti stavamo aspettando. Abbiamo appena iniziato, accomodati.

L'Avvocato Appico accolse il Consigliere Cafiso. La sua biblioteca stava ospitando già una decina di Consiglieri ed Amministratori.

- Romano, non nasconderti dietro le gambe dello zio, ti vedo, sai! Matilde e Giulio stanno giocando in sala, raggiungili.

Appico si abbassò, stringendo teneramente la guancia del piccolo e riprendendo subito la discussione interrotta con i presenti.
Uno degli Amministratori più giovani esordì, sbattendo il pugno sullo scrittoio:

- Il dialogo tra le diverse fazioni politiche deve essere nell'interesse della comunità e del cittadino!

- Santa verità, - riprese il discorso l'Avvocato, sfiorando con dita protettive la fede nuziale e l'anello punzonato con lo stemma di famiglia. - Questo non è il momento di perderci in accademie inutili su un passato che il popolo ha definitivamente sepolto il 2 giugno; per noi e per tutti la Repubblica è garanzia che le conquiste e gli obiettivi che verranno raggiunti non correranno il pericolo di essere sopraffatti da una monarchia generatrice di dittature. Libertà per tutti, nella concordia e nel lavoro.

Nel frattempo, dalla vetrata principale oscurata dalle tende in broccato increspato, provenivano le risate dei bambini che si rincorrevano in giardino.
Il brusio delle voci fece distrarre momentaneamente l'Avvocato, il quale si alzò dalla sedia per raggiungere la vetrata:

– Bambini! Per favore, fate piano. Non correte così forte.

Così dicendo, Appico attirò l'attenzione dei piccoli, i quali, ridendo, continuarono a correre per poi dileguarsi nel loro angolo nascosto preferito: qui amavano fantasticare sui discorsi degli adulti che avevano appena origliato dalla vetrata, non completamente chiusa. Sapevano che in quel punto la serratura era leggermente difettosa e le tende facevano da schermo alle loro piccole ombre.
Appico si unì nuovamente ai suoi colleghi, che ripresero i discorsi appena accennati.

– Condivido pienamente, – proseguì il Sindaco

Rissacoro, alzandosi in piedi e appoggiando una mano sulla spalla dell'Avvocato. – Oggi, a pochi giorni dalla Costituente, sollecitiamo il Governo affinché, come primo atto, affronti con coraggio il gravissimo problema della disoccupazione, attuando una sana politica, priva di soprusi. Il Governo deve comprendere che la Costituente partorirà le nuove Leggi dello Stato, consoliderà i
bilanci e si adopererà per la ratifica dei Trattati Internazionali.

Con queste parole, Rissacoro concluse il suo discorso, schiarendosi la voce rauca, vera.
Al lato opposto della sala, un gruppo di collaboratori seduti al tavolo stava preparando il materiale che Appico avrebbe presentato, con un suo intervento, all'Assemblea due giorni dopo; anche i comunicati stampa, da portare al vaglio dei presenti, erano stati abbozzati.
Nel mentre, una voce infantile non si accorse di avere attirato su di sé l'attenzione degli astanti:

– Zitti, fatemi ascoltare, dobbiamo sconfiggere i cattivi! Avete sentito? I cavalieri buoni sfideranno i cattivi con le loro spade trasparenti e coraggiose! Principessa Matilde, tu resta al mio fianco e tu, mio prode amico Romano, armati di coraggio e via! Questa moneta ci proteggerà!

Una piccola mano fece brillare una moneta lanciandola verso il cielo. Le parole si confusero con quelle di una voce di donna che esortava i bambini a prepararsi per andare a letto.

La notte stava calando sul castello, spinta dalla sua voglia di spegnere ogni luce.

I presenti cominciarono un'altra volta a ricomporre i loro pensieri, concentrandosi sui punti di discussione che stavano per prendere una linea alquanto accesa.

– Milioni di disoccupati hanno atteso le sorti dell'Italia, ma ora hanno il diritto che questa loro attesa sia ricompensata. Trovare lavoro e dal lavoro, pane, – riprese la parola l'Avvocato, volgendo lo sguardo verso l'amico Consigliere Cafiso, rimasto attentamente in ascolto, appoggiato alla vetrata principale della biblioteca. – Purtroppo la disoccupazione non è in diminuzione: al contrario, è in aumento! Sono già stati adottati i turni di lavoro, ma la loro applicazione incontra delle difficoltà; non basta trovare delle soluzioni immediate. Come sappiamo, ad esempio, la ricostruzione delle scuole sta portando notevoli incentivi all'occupazione; occorre predisporre un piano organico: a questo proposito ritengo utile l'intervento degli altri Partiti e, in ogni caso, lo sforzo da parte del Consiglio Comunale ad intervenire con le Commissioni Edilizia, Strade e Scuole. Dico bene, Sindaco?

Nel richiamare l'attenzione del Sindaco, l'Avvocato si accorse che le sue parole avevano indurito i tratti del volto di Cafiso, il quale, a sua volta, prese la parola:

– Sì, i Partiti... io vorrei porre l'accento proprio sulla scelta autorevole dell'Opposizione, che condivido pienamente, mio malgrado e che tutti noi dobbiamo tenere in considerazione: la costruzione delle Case Politiche; spazi che accoglieranno i nostri incontri e i nostri dibattiti. Dobbiamo tutelare la Politica e le sue nuove basi; con questo progetto potremo dare lavoro ai nostri concittadini e, allo stesso tempo, costruiremo solide mura. Ho parlato con un amico in comune, il quale ha preparato i documenti e la mappatura del lotto di terra che può fare al caso nostro; bisogna decidere entro dopo domani, però, altrimenti rischiamo di perdere l'opzione.

Il Sindaco si avvicinò a Cafiso, guardandolo fisso negli occhi ed esprimendo, con un cenno del capo, il suo flebile consenso a queste ultime parole.

– Non distruggiamo sul nascere i nostri ideali e quelli della nostra gioventù! L'interesse prima per il bene pubblico e per la comunità, – ribadì Appico. –

In un Paese come la nostra Patria, che cerca di uscire dalla miseria e dalla fame, la democrazia ha bisogno che la cultura dell'individualismo e della politica personale venga superata, per riscoprire il valore prezioso della politica come servizio, fede e rettitudine!

Il tono di Appico si era acceso, l'Avvocato era stanco del peso di quelle posizioni rigide ed egoistiche. Le aveva combattute per tanto tempo, prima che scoppiasse la guerra e non aveva nessuna intenzione di accettarle ora che la libertà era stata conquistata, letteralmente, con il sangue, di amici e compatrioti.

– Soprattutto dobbiamo potere dare la speranza ai giovani che qualcosa sia cambiato; i nostri figli non devono imparare il senso del dominio e della prepotenza, bensì devono poter nutrirsi del sentimento di fiducia nella realizzazione, presente e futura, di quanto desiderano per le loro famiglie e per il loro Paese.

– Caro compagno di avventure, – rispose Cafiso, rivolgendosi ad Appico con l'espressione che solitamente usava per rimarcare un concetto su cui le parti erano in disaccordo. – Comprendo le tue alte considerazioni, rimarchevoli direi, ma dobbiamo

pensare che nell'immediatezza otterremo più voti
così facendo e, cioè, decidendo prima per le basi dei
Partiti, per poi batterci per le Commissioni. Un passo
alla volta.

Cafiso concluse, toccandosi i baffi in maniera
ossessiva e, con l'altra mano possente afferrando la
maniglia difettosa, cercando di prendere una
boccata d'aria.
Uscì per accendersi la pipa e rientrò
immediatamente dopo, lasciandosi alle spalle un
odore acre, di tabacco bruciato.

– Non ha tutti i torti, – intervenne il Sindaco
Rissacoro che, nel frattempo, si era soffermato a
fissare uno scaffale della biblioteca, dove erano
adagiati alcuni libri che riportavano sul dorso uno
stemma; lo riconobbe subito, era quello della casata
nobiliare dell'Avvocato, conservato nel tempo
attraverso l'effige dei suoi avi: una colomba, come
simbolo di pace, posata su di una coppa, simbolo di
ospitalità, affiancata da una torre, simbolo di
fortezza.

– Papà, – s'intrufolò Matilde nella biblioteca.

– Buona notte, principessa e salutami i tuoi
amichetti, Giulio e Romano. Forza, dai il bacio della

buona notte anche alla mamma; dille di non aspettarmi, perché farò tardi qui in biblioteca.

Appico congedò la figlia, accarezzando le lunghe trecce della piccola e baciandola con labbra paterne.

– Signori, sono sicuro che unendo i nostri ideali e i progetti riusciremo a dare una forte impronta alle riforme e alla nuova carta costituzionale. Sindaco, sentiamoci domani mattina per gli ultimi punti. Cafiso, rimandiamo il discorso della costruzione delle Case Politiche al mese prossimo, ora dobbiamo concentrarci su ben altri punti cardine e sappi che non sono comunque d'accordo; ne riparleremo, possiamo lavorare per trovare un punto d'incontro.

Appico, congedò tutti, affinché potesse preparare il verbale della riunione appena terminata.
Si salutarono, decidendo all'unanimità d'incontrarsi per l'ultima volta il giorno seguente, sempre in biblioteca. Le decisioni erano prossime, considerando che dovevano accordarsi su una linea comune per ottenere un gioco di squadra.
Un gioco serio dal quale sarebbe dipeso il futuro del Paese, dei loro figli. Dovevano portare avanti i programmi politici, per poterli presentare nella

seduta in Assemblea Costituente, lavorando sulle tre Commissioni.

Appico iniziò a stilare il verbale e, con lo sguardo apparentemente distratto, pose i sui occhi eruditi su quello che era stato il libro di riferimento per la sua tesi della seconda Laurea in Scienze Sociali, preceduta da quella in Legge; era solito sfogliare libri di giurisprudenza, per rileggere concetti e regole e fornire basi solide ai suoi scritti.

– Tutti i libri vanno oltre, – pronunciò a bassa voce. – Abbiamo dimenticato come osservare il mondo circostante, come osservare attentamente per assicurarci la conoscenza della verità, origine della nostra curiosità per i dettagli... ah, Tommaso! – esclamò Appico, sorridendo, prendendo dal cassetto la propria foto, risalente a quando, durante la Resistenza, si faceva chiamare col nome in codice Tommaso: prima di credere a fatti o avvenimenti doveva "metterci il naso", in senso costruttivo, analizzando razionalmente ogni cosa.

Nello spostare la fotografia, trovò la copia del fascicolo del suo 'Casellario Politico Centrale', del Ministero dell'Interno del 1938, dove erano trascritti i suoi connotati:

'Nato il 09.07.1894.
Statura media, corporatura robusta, capelli castani,

35

colorito roseo, naso rettilineo e di dimensioni medie,
baffi all'americana, bocca ondulata.
Colore politico antifascista'

Quella sera il bersaglio critico era stato palesemente
individuato: il concetto di egoismo politico,
purtroppo ancora ben radicato e quello di giustizia
sommaria degli oppositori e dei loro simpatizzanti.

– Illustri signori, miei concittadini; i politici della
Repubblica del post-fascismo non dovranno essere
uomini di corrente o di parte, bensì uomini di sintesi
di un pensiero politico capaci di
ricostruire gradualmente il tessuto economico della
nazione in senso liberale, senza venire meno ai
presupposti di fondo della giustizia sociale, –
l'Avvocato iniziò a ripetere a voce alta l'incipit del
protocollo appena stilato in bozza. – Vigilare e
riorganizzare le file disperse nel devastante viaggio
della dittatura attraverso le parole e l'azione fattiva.
La verità è molto semplice: chi tace o vorrebbe fare
tacere si rende complice dei delinquenti...

Si soffermò per qualche istante, per poi riprendere,
più forte di prima, con le sue doti di oratore esperto:

– Noi intendiamo difendere l'opera della Resistenza
contro tutti i denigratori, anche contro quelli che

pensano, così facendo, di potere difendere privilegi propri, oggi anacronistici.

Soddisfatto, Appico terminò sorseggiando una buona tazza di tè caldo appena portatagli dalla moglie, la quale aveva sempre rispettato, con profondo senso di devozione, gli ideali politici del coniuge.
Il rigore intellettuale, l'entusiasmo e la passione nel suo lavoro lo rendevano unico in ogni suo dibattito, anche familiare; non avrebbe mai rinunciato ai suoi ideali: non l'aveva mai fatto, né tantomeno lo fece quella sera, nonostante avesse già ricevuto numerose minacce scritte e anonime, da parte di persone vili e prive di scrupoli.
I piani politici erano spesso contrastati dalle mire egoistiche degli oppositori, alcuni ancora nazional-fascisti comandati dalla malafede e da una sorta di credenza nella 'razza politica', concetto che boicottava i veri ideali sorti dalla neo-Repubblica.

– E' inutile e fazioso pensare che vent'anni di dittatura ci abbiano abituati a servire chiunque avesse la forza di comandare, chiunque esso fosse, qualunque cosa imponesse... – sentenziò Appico, lasciando in sospensione per un istante la frase, come appesa a dei puntini di sospensione, per poi procedere con il fluire delle parole.

La notte

Quella notte, più corvina del solito, oscurò il castello.

Mentre tutto intorno dormiva, l'Avvocato continuava ad intingere la mano nella speranza. Il pennino imbevuto d'inchiostro seguitava a scorrere tra le righe.

Ad un certo punto Appico spostò lo sguardo miope dal foglio alla vetrata.

Avvertì il rumore del vento che fece oscillare la porta avanti e indietro.

Capitava spesso quando i bambini giocavano, oppure quando il giardiniere incaricato effettuava regolarmente il giro d'ispezione notturno del castello.

Un'ombra dai contorni conosciuti fece un cenno di saluto da lontano e scomparve nel nulla.

La luce fioca della lampada a stelo sembrava svanire rispetto all'oscurità della sera.

L'ampio giardino circostante era immerso nel silenzio.

Appico si avvicinò alla porta, cercando di chiuderla, invano, come sempre.

Non fece in tempo a ritornare allo scrittoio, che di spalle fu afferrato alla gola da braccia forti e dominanti, che lo colpirono alla testa tramortendolo:

– Provaci ora, o mio avvocato, a dare voce e gloria ai tuoi scritti! Mano chiusa simbolo di segreto, il nostro... mano aperta simbolo di fiducia, la nostra, che mai avrai!

La voce criminale si dileguò senza lasciare tracce; nell'allontanarsi, si accorse di una macchia di sangue sui suoi guanti neri. Tentò di pulirsela di dosso, in preda ad un tic nervoso delle dita, raschiando la materia rossa con le unghie.

La pelle era come impaurita di assorbire anche solo una molecola della luce del sapere, denigrato fino a quel momento senza esitazione.

La grande ombra deformata ed omicida venne di poco seguita da una piccola ombra, dalla forma svelta e spaurita, formando insieme un tutt'uno corpulento.

Scomparendo nel nulla, la figura mostruosa aveva estirpato con violenza il seme della scrittura degli ideali, dell'azione per il desiderio di rinascita.

Il corpo esanime fu trovato la mattina seguente, adagiato sulla sedia con il busto accasciato sullo scrittoio, le mani mozzate chiuse in pugno e una pozza di sangue scarlatta che fuoriusciva dal suo petto.

L'inchiostro rosso sostituì il nero, trapassando il foglio del protocollo dove le ultime parole dell'Avvocato, originariamente appese ad una virgola, furono incorporate da una goccia di sangue in un punto, fermo, appesantito dal destino. Altri schizzi di sangue, sparsi, divennero puntini di sospensione verso il nulla:

– Viva l'Italia. Una, libera, democratica!

Il fiume di sangue aveva tentato di arrestarsi, invano, come terrorizzato esso stesso dall'ombra criminale che aveva squarciato la sua essenza. Aveva raggiunto il pavimento, diramandosi in più punti e aggredito ogni oggetto materiale e spirituale presente nella stanza. Lo spettro delle tenebre si era appropriato avidamente del colore rosso del suo iride. La brutalità delle dita assassine era stata spinta nel suo intento dall'appetito dell'oscura ignoranza.

Schizzi di sangue avevano definitivamente sigillato la biblioteca.

Le vetrate riflettevano il colore della morte attraverso il tessuto delle tende, nere nell'intreccio antico. Un grande specchio appeso alle spalle dello scrittoio insanguinato rifletteva un'unica immagine fissa, dominante nella sua fisicità spoglia di esistenza.

La vita era ormai lontana da secoli.

Intorno era il silenzio più assoluto. Il vuoto riempito solo dai resti di un mondo spento e violentato nell'animo.

La luce fioca del giorno si abbatté sul castello e sulla biblioteca, imprigionandovi il dolore dei familiari.

Nessuna verità sull'assassino.

Nessuna traccia di vita se non il segno di tenebre impenetrabili che calarono il sipario sul blasone di famiglia: una colomba dal piumaggio nero con le ali spezzate, caduta sul fondo di una coppa macchiata di sangue, affiancata da una torre abbattuta nelle fondamenta.

L'inatteso

Inaspettatamente qualcuno suonò alla porta. L'insistenza del dito premuto sul campanello faceva pensare a mani forti e possenti o semplicemente ad un pulsante invecchiato, appiccicato dall'umidità e dalla pesantezza del tempo passato. Il perseverare di quel suono aveva raggelato il sangue nelle vene di entrambi, rendendoli incapaci di fuggire o di rinunciare a quello strano canto notturno.

Giulio aveva ripreso il suo bastone bianco. In piedi, immobile, si fermò a pochi metri dall'ingresso.

Lo scrocco della serratura era stato da tempo rafforzato.

Matilde si era armata di diffidenza, portando con sé le chiavi di casa. Mentre procedeva, rivolse lo sguardo verso la cucina, col capo eretto. Pensare ai nuovi profumi di quella sera l'aiutò, per un attimo, a distogliere la sua ansia emotiva da quel suono inatteso.

Il vento ritornò a soffiare, incalzante.

La veste di Matilde prese forma insolita, come arricciata ad un corpo teso.

Entrambi celavano la paura ed il grave peso dell'ignoto, che permeava quel luogo da tempi remoti.

Dalla biblioteca un sibilo acuto attraversò i cardini scomposti della porta, un fruscio di tende sbatté

sulle vetrate, un odore acre antico pervase il corridoio che portava all'ingresso.
Matilde riconobbe quei rumori, quegli strani odori, era bambina quando giocava in giardino di sera, al buio.
Un brivido di dolore sfiorò la sua pelle.
Chi poteva essere?

Il passato

– Incredibile, – esclamò Matilde, allentando la stretta delle chiavi. – Sei davvero tu?!

– Matilde, – chiamò Giulio, rasserenato dal tono di voce di lei, tutt'altro che diffidente. – Chi ha suonato?

– Come stai? Quanto tempo passato! Sei rimasto uguale, sai?

– Cara, ma come stai tu! Io sarei rimasto uguale? Intendi uguale alla foto della mia laurea, quella che ti ho fatto recapitare da mio zio? Mah, è comunque passato un sacco di tempo da quando giocavamo insieme. Peccato esserci persi di vista; sai, la vita ti fa entrare in strani meccanismi.

– Scusatemi, - s'intromise Giulio. - Non vorrei essere insistente, ma potrei sapere chi sarebbe il nostro, da quello che capisco, gradito ospite?

– Sono Romano Cafiso. Lei chi sarebbe?

– Romano, quel Romano? Il mio prode cavaliere?! Guarda che siamo vecchi uguali, – rimarcò Giulio, con quel suo senso di umorismo che, tra uomini,

43

non aveva ancora perso. – Non ti azzardare a darmi del 'lei'.

– Giulio, quel Giulio? Il mio eroe e prode amico? Non ci posso credere!

– Vieni, accòmodati, abbiamo appena finito di cenare, – disse Matilde, prendendo il cappotto del vecchio amico e conducendo entrambi verso il salone principale.

Nel voltarsi, i suoi capelli sciolti profumati di buono sfiorarono il volto di Giulio, che assaporò la memoria d'immagini soavi, appena vissute con lei. Quel gesto involontario e carico di sensualità irrigidì lo sguardo dell'ospite.
Matilde non era mai stata la sua principessa, nonostante prima di laurearsi avesse tentato anche di conquistarla.
Forse le maniere sbagliate, forse i tempi della vita non coincisero con quelli dell'amore, nulla iniziò e nulla terminò.
Tra di loro rimase un senso inespresso di affetto, di amicizia terrena.
L'andatura di Romano si fece incerta, una malinconia claudicante sembrava avere preso possesso delle sue scarpe, nere.

- Ah, che ricordi queste mura, - sospirò Romano, ripensando al motivo per cui era lì. L'automobile aveva esitato ad entrare da quel cancello, come anche la sua volontà. - Matilde, come sta tua madre?

- Mamma non c'è più, ci ha lasciati un paio d'anni fa... e tuo padre, invece, sta bene?

- Oh, mi dispiace. Mio padre è in una casa di riposo, attualmente non sta tanto bene; non mi riconosce più. Continua a ripetere una frase: 'Romano, hai raccolto tutti i ciclamini?', malinconico vero?

Romano abbassò lo sguardo, per poi rialzarlo verso la mappa del castello appesa alla parete.

- I nostri ciclamini... - ripeté Matilde.

- Sì, i nostri ricordi. Pensare che mio zio detestava quei ciclamini, - precisò Romano, rigido nei suoi pensieri.

Matilde replicò, prendendo tra le mani la foto ingiallita che ritraeva la madre, da giovane.

- Giusto. Tuo zio, invece? Hai vissuto per molto tempo a stretto contatto con lui, vero? Mia madre mi tenne informata per qualche anno, poi ci si è persi di vista e poco mi giunse delle vostre vite.

– Sono appena stato al suo funerale, – rispose Romano, sospeso ad un filo sottile di voce che lo fece tergiversare. – Te, Giulio, cosa mi racconti? Seppi del tuo incidente molto tempo dopo, mi spiace.

Il tono di Romano si fece mesto:

– Eh, che dire. Ho passato dei brutti momenti, ma come vedi non sono uno che si piange addosso. Ci è voluto tanto, ma alla fine sono qui, a fianco della mia Matilde.

– Caro, non c'è bisogno di fare il romantico ora, non lo sei mai stato, – sorrise Matilde, per stemperare l'atmosfera che si era fatta cupa e sommessa. – Raccontaci invece di te, Romano. Soprattutto, dimmi: come hai fatto a trovarmi?

La verità

Amatissimo Romano, mio caro nipote, quando leggerai questa lettera sarò volato a miglior vita, se non in quella migliore, forse in un'altra che spero mi apra le sue porte, nonostante tutto.

È tempo per me di scrivere. Un attimo di tentennamento, la stilografica intrappolata tra le pagine bianche, l'incertezza dei miei pensieri, il timore di fare scorrere le dita tra fogli sospesi e ricordi di vita amara. È proprio quando non ci pensi che il tempo passa. E ora il mio cuore è debole, vacilla.

Il cuore è uno strumento tanto potente quanto misterioso, batte forte, palpita tra un pensiero e l'altro, accelera quando ci si emoziona, rallenta quando è il suo momento.

Che strano effetto la vita.

Ora mi ritrovo a risvegliare paure celate, a rispolverare pensieri ed azioni rimasti nascosti, inconfessati.

Ho scelto te come tramite del mio perdono, se così sarà tale. E con questo non vorrò che qualcuno accetti le mie pretese. Preferirei porre fine ora alle mie flebili energie piuttosto che passarti il peso delle mie confessioni. Ma non sarei me stesso fino alla fine se non facessi così, un uomo come me non ha la forza etica di cambiare nemmeno in punto di morte. Nella mia vita ebbi solo la possenza delle mie mani e la prepotenza dei mie falsi valori ad aiutarmi in decisioni scomode, inusuali.

Nessuna fermezza, nessuna scelta volontaria, nessuna azione diretta e consapevole, semplicemente sottomissione al vile denaro, alla falsa ricchezza effimera che, come uomo e politico, permearono la mia vita artefatta.

Con questa epistola, rivelatoria, lascio a te i miei pensieri, conclusivi.

Mio caro nipote, quella notte oscura (e tu sai a cosa mi stia riferendo) la tua piccola ombra impaurita assistette ad un'atrocità indicibile che tenesti celata per sempre nel tuo cuore incontaminato di bambino. Lo venni a sapere, le voci di corridoio tra gli oppositori del partito allusero al misfatto. Lo so, tu fosti presente ma i tuoi occhi colsero solo un'ombra orribile che si allontanò sporca di sangue.

Io non feci nulla per preservarti da questo enorme peso. Non me lo perdonerò mai. E non perdonerò mai i miei falsi ideali che divennero, anche se non direttamente, complici del destino infausto di un grande uomo.

Nessuno seppe di chi fu la mano omicida. Segretamente, raccolsi degli indizi che mi condussero ad un nome, ma non ebbi il coraggio di portare avanti le mie ricerche. Come un codardo rinnegai ancora una volta gli alti ideali della neo

Repubblica.

Lascio a te questa lettera; sullo scrittoio del mio studio troverai tracce indelebili della nostra vita passata, delle mie annotazioni, ricerche segrete e documenti privati di cui nessuno conobbe mai l'esistenza.

Sono certo di quello che deciderai dopo avere letto le mie confessioni. Ne sono fermamente convinto, ora.

Ti abbraccio,

il tuo caro zio,

Francesco Cafiso

**

Matilde si sedette incredula, con la mente spossata e confusa. Adagiandosi sul suo volto smarrito, una lacrima fecondò i suoi ricordi.

Giulio afferrò la moneta, tenendola a sé con la mano stretta in pugno.

– Nessun segreto ora, solo l'inizio della verità.

Romano rivolse lo sguardo annichilito verso la mappa del castello.

Un refolo di vento s'insinuò tra le sue dita che, combattute, fecero scivolare la lettera per terra.

Quel soffio gelido sospinse l'eco delle parole verso la biblioteca, ancora silente.

Lo stemma rimasto intorpidito fino a quel momento tentò di riprendere le sue tinte originarie: una colomba come simbolo di pace, posata su di una coppa, simbolo di ospitalità, affiancata da una torre, simbolo di fortezza.

Capitolo X

- Il settimanale deve uscire stanotte, altrimenti non porterà gli effetti desiderati!

Alessandro Appico era stato attento ad ogni particolare, nei contenuti e nella forma.
Fondare da giovanissimo il giornale dell'Appennino modenese, "Il Frignano", di sponda cattolica: questo era stato il suo primo intento negli anni precedenti alla prima guerra mondiale. Riteneva che la credenza nei propri ideali fosse il primo obiettivo di speranza per una crescita personale e del paese: la sua energica convinzione aveva portato i suoi primi frutti. Parlare al suo Paese, comunicare le proprie azioni e le proprie credenze lo avevano tenuto vivo negli anni della guerra quando, come ufficiale di fanteria, aveva visto fiumi di sangue scorrere senza fine e anime eroiche scomparire nel nulla, dimenticati dalle negligenze di concittadini disorientati dal turbinio degli eventi.
Il ricordo del primo giornale stava riaffiorando proprio ora, quando il primo numero de "La Voce popolare" stava per uscire, grazie al lavoro di un gruppo di commilitoni amici che lo avevano affiancato e supportato in ogni sua decisione. La sua propensione per la scrittura, giornalistica e intimamente idealista, non l'aveva mai abbandonato.

La Voce era lo strumento per diffondere l'eco della sua fede politica cristiana e anti-fascista.

La prima esperienza aveva avuto purtroppo una vita breve: il giornale "Il Frignano" era nato nel 1913, a seguito del terzo congresso dei cattolici del Frignano svoltosi a Palagano nel 1912, dove appunto gli fu assegnato l'incarico di realizzare un giornale destinato ai cattolici dell'Appennino modenese, ma la guerra al fronte aveva momentaneamente interrotto le attività di chi faceva parte della redazione, poiché il gruppo, tra cui Appico appena diciannovenne, era stato chiamato a combattere. La fine della guerra non aveva comunque fatto morire gli ideali di Appico e di coloro che erano sopravvissuti alla storia, anzi, forse li aveva rafforzati portandoli a volere ricostruire il paese attraverso il primo strumento di libertà di espressione: la parola, la voce del popolo. Nel 1919, infatti, Appico riprese la sua attività politica e giornalistica, diventando segretario provinciale a Modena del neonato Partito Popolare Italiano, raccogliendo molti consensi nei comuni montani.

Nel 1920, sempre ad opera di Appico con l'apporto di un gruppo di studenti frignanesi, sorse l'associazione
"Il Giovane Frignano", con propulsione verso la difesa dei grandi ideali e di una ben radicata ispirazione anti-fascista.

Riconfermato nella carica di segretario provinciale del partito popolare nel 1921 e nel 1922, dovette purtroppo fare i conti con l'emergente fascismo, dilagante sin dal suo esordio. I rapporti con il Partito Nazionalfascista, infatti, già tesi per le continue violenze squadriste ai danni di sindacalisti e attivisti politici cattolici, divennero aspri nell'autunno del 1922, quando il Partito Popolare Italiano decise di astenersi dalle elezioni per il rinnovo dei consigli nei Comuni da tempo commissariati. Sostituito alla testa del partito nel 1923 per il prevalere di elementi più accomodanti col Partito Nazionalfascista e perduto il controllo del "Frignano", Appico intensificò la sua milizia politica, fondando nel marzo 1924 il settimanale "La Voce Popolare", dalle cui colonne prese ripetutamente posizione contro i soprusi degli squadristi. Se Appico avesse saputo che anche il settimanale non avrebbe avuto vita lunga, avrebbe perpetrato i suoi obiettivi comunque, senza lasciarsi sopraffare da destini avversi e dalla violenza fascista dilagante. Dopo le elezioni dell'aprile 1924, tornò ad occupare la carica di segretario provinciale, ma ormai la vita per i partiti democratici, anche a Modena, si era fatta insostenibile.

La "Voce popolare", dopo ben tre sequestri e vari boicottaggi, fu costretta a interrompere le pubblicazioni nel settembre del 1925.

Vennero poi le leggi serrate fasciste del 1926 e tutti

i partiti d'opposizione furono soppressi. Appico, costretto all'inattività politica, poiché schedato come sovversivo nel Casellario Politico Centrale, si dedicò interamente alla sua attività di avvocato.

Ma l'anno di vita del settimanale fu proficuo e pose le basi per un suo futuro prossimo nelle pagine della Storia.

***

I caratteri della stampa erano ora chiari, nitidi. La testata non lasciava spazio a fraintendimenti, era arguta e mirava a colpire le brutalità degli spiriti malvagi ed assassini. Vox populi, interessante rimarcare l'obiettivo del settimanale. La voce di tutti, o almeno di coloro che erano intenzionati a diventare portatori di informazioni efficaci, divulgatori di nuove idee in difesa degli ideali della Patria, della non-violenza e della cultura anti-fascista.

– Repressione! Ecco quello che combatteremo, non con armi bensì con le parole! Il Fascio non permetterà la divulgazione del nostro neonato settimanale, anzi: cercherà di osteggiarlo e di oltraggiare noi tutti. Tenterà di chiuderlo sul nascere e noi faremo di tutto per non permetterlo! Che ne dici, Giovanni? Sei pronto?

– Incertezze, contraddizioni, boicottaggi... non permetteremo tutto ciò! La guerra ha lasciato segni di dubbi, stanchezza e insoddisfazioni, le famiglie scontente e private di quei mattoni attorno cui creare il loro focolare non hanno ritrovato ancora le forze per riprendersi quello che hanno perso. Per non parlare dello sbarramento politico che tutt'oggi segna i nostri giorni! Dimmi, Alessandro, come si fa a finire una guerra e a ricostruire un paese affamato e oppresso?

Giovanni Carlini, detto "il Moltiplicatore", era minuzioso nelle domande, ma anche nelle affermazioni, che nascevano dalla sua curiosità di sapere ogni cosa, anche la più elementare. Non appena imparava un argomento nuovo, si prodigava a diffonderlo attraverso la conversazione, o per meglio dire, lo scambio di informazioni. Giovanni si toglieva e si rimetteva gli occhiali in un gesto convulsivo ogni volta che non riusciva a trovare un perché agli eventi. Fece lo stesso movimento nel momento di messa a fuoco del titolo del numero primo de

"La Voce Popolare": 'Controluce, XXXXXXXx'

In quei mesi e, purtroppo, anche negli anni successivi, la parola era corrotta dall'omertà e dal silenzio, dettati dalle ronde notturne fasciste che occultavano volantini e tacitavano persone e azioni. La Redazione stava lavorando sia di giorno che di notte; il luogo di incontro e di lavoro per la preparazione degli articoli era ogni volta diverso: non potevano permettersi di essere scoperti sul nascere.

Il grande giorno

Cella 13

Da quassù la visuale è maestosa, perfetta.
Il colle si apre sull'infinito, fiaccolate natalizie
irradiano gli spazi vuoti. Vedo tutto, anche lui,
supino privo di sensi.
Quando i vicini vedranno i loro alberi di Natale
spenti e sprovvisti di pacchi incartati a festa, gioirò
delle loro espressioni, accecate dalla mera festa
commerciale. Da quassù il sapore è diverso, intenso,
scarlatto. Il profumo di morte ha inebriato le mie
narici, notturno e metodico il suo procedere
incalzante.
Improvvisamente dal caos un momento mi appare,
rimasto sepolto nell'ombra perenne del mio cuore
immobile. Il grigio
piombo del colore del mio passato si agita in un
lento vagare verso luoghi arcani, le mie pupille
oscillano tra queste tenebre mobili, bluastre. Sollevo
le palpebre, rivedo lui, fluorescente e purpureo.
Ecco la mia ultima lettera, prima del grande giorno:
Sempre caro mi fu questo Babbo Natale, e questa
festa, che da tanta parte dell'ultimo addobbo l'abete
esclude.
Ma sedendo e mirando, sterminate luminarie di là da
quella festa, e surreali macchie di sangue, e
lucidissima quiete io nel mio ego mi fingo, ove per
poco il vicino di casa non si spaura. E come l'urlo

odo gridar tra queste macchie, io quello
infinito Natale a questo coltello vo comparando: e
mi sovvien l'estasi, e la morte di Babbo Natale, e il
presente e non più vivo, e la supplica dei bambini.
Così tra questa immensità di morte s'annega il
pensier mio: e l'uccidere m'è dolce in questo Natale.

Cella 17

Un torbido omicidio si è appena consumato, viscido come la miscela fumante lasciata invecchiare sul tavolo di questa sala addobbata per Natale. Ho preso la mira ed ho colpito come una freccia che trafigge impavida il cuore del personaggio cattivo di favole da brivido.

Mi sono nascosto bene, dentro al costume di Babbo Natale appeso al camino in stile Luigi XIV. Da queste parti c'è un vasto parco circondato da castelli d'epoca, grandi e piccini vanno e vengono in preda all'euforia del Natale. Ho ucciso Madame Blanche: tutto stava diventando troppo bianco, privo di luce che, attraverso i suoi strati di freddo, aveva già intrappolato le persone nella loro paura. Questa sera gli ospiti non sono rabbrividiti per il freddo polare, bensì per il colore rosso intenso di rivoli di sangue provenienti dall'ormai non più candido vestito della Dama della Neve. Da lontano ho udito, soddisfatto, urla di spettatori compiaciuti davanti al Castello dei Brividi del loro parco dei divertimenti preferito.

Quel grande giorno è ora arrivato, mi rapisce e divora la mia calotta cranica come un orco famelico. Mi toglieranno tutto tranne la cognizione di essere stato privato di tutto.

Cella 666

Spappolato. Liquefatto. Maciullato.
Ridotto in poltiglia. Conficcato al centro della Terra,
nel punto più lontano dalla lussuria del meschino
sapere e dall'amata oscurità, congelato nell'animo e
intrappolato tra il procedere e
l'arrestarmi. Mi sono ribellato e ora mi ritrovo nella
cella 666, una in mezzo a tante. Il Natale mi uccide,
è l'antitesi della mia occulta e metapsichica
predisposizione al nulla e alla
distruzione. All'ingresso un enorme presepe vivente
irradia un tale calore che si rivela essere
nauseabondo ai miei occhi spenti. Ogni notte un
incubo ripugnante devasta la mia tetra essenza:
Babbo Natale mi acceca con le sue movenze dal
sentore angelico, la sua bontà saccente lacera la mia
dissennata avidità di necromanzia. Al suo fianco,
vedo un enorme abete addobbato a festa alla cui
base è riposto, come dono speciale, un biglietto alla
mia attenzione:
'Al mio amico della cella 666:
ti auguro ogni bene!'
Neanche il grande giorno mi farà cambiare idea: il
bene... puah! Non m'indurrà mai in tentazione!

Cella 48

Horror, genere letterario o cinematografico che si basa su scene raccapriccianti, ripugnanti, spaventose, che suscita al lettore o allo spettatore emozioni di orrore, paura e disgusto.
Neanche il significato riesce a farvi immaginare le scene che quella sera le mie orecchie colsero basite. Era la Vigilia di Natale, entrai al cinema allo spettacolo di mezzanotte, eccezionalmente.
Spettatori protagonisti omicidi delle loro false conoscenze. Le luci si spensero ombrose dietro alle loro spalle. Discorsi dal sapore insipido in attesa dell'inizio della commediola di Natale, omologazioni e dialoghi senz'anima. Per la prima volta ebbi paura dell'horror vacui. Mi voltai di scatto, le mie parole uccisero le loro. Ad un tratto, dallo schermo il riflesso di un'ombra a penzoloni dondolava impazzita alla ricerca di un punto fermo. Intuii. Mi voltai nuovamente di scatto, lasciando cadere a terra i dolcetti di panpepato. Il proiezionista, mio amico, si era suicidato.
Esito dell'autopsia: horror vacui. Paura degli spazi vuoti, delle anime disadorne, dei luoghi assenti. Sconvolgente, come le supposizioni dell'uomo in uniforme. Le mie impronte erano ovunque, anche sul corpo della vittima. Non riuscii a convincerlo prima del grande giorno.

Cella 1 e Cella 2

– Assurdità, – esordì Vlado, sfinito dell'attesa di quell'ultimo gesto, tetro e raccapricciante. – Mi annoia ascoltarti! Il tuo linguaggio non riproduce più la tua volontà individuale, manca di quel legame tra azione e parole! Le tue macabre azioni dovrebbero esprimere l'orrore come si deve, comunicare l'abominio, attivare un'idea originale di morte! Gesti: gesti pseudo-horror, senza senso!

– Non sono d'accordo, – replicò Estro inquieto. – Il mio linguaggio facciale non ha smesso di significare: è pieno di schizzi di sangue, è maniacale, ossessivo e riflessivo quanto la lama di un coltello che ansima nel suo conficcarsi tra le
budella, ma l'idea stravagante per uccidere le nostre vittime fatica ad arrivare, è stanca; oggi non viene.

– E ora che è arrivato il Natale, – chiese Vlado. – Possiamo uccidere Babbo Natale?

– Sì! – rispose Estro.

Noi due assassini rimanemmo inermi, nascosti dietro ai festoni natalizi appesi alle grate, con le armi in mano in attesa del Clausot originale.
Ora i ricordi dei nostri misfatti sono sepolti tra i ferri

umidi ed incrostati delle divisorie, dispersi tra le fessure del muro ammuffito. Il peso della condanna al grande giorno è come cemento.

Cella 81

L'aria si fece sempre più fredda e rarefatta. La nevicata aveva bloccato tutte le vie, tranne quella da cui proveniva Babbo Natale, che entrò nella storica oreficeria "Caron Di Monio & C".
Inaspettatamente Babbo Natale pronunciò perfide parole, di una ferocia bestiale, nonostante l'apparenza di bianco e rosso vestita riportasse alla saggezza tipica della sua lunga barba bianca.

– La vita è viaggiare, la morte è errare in eterno, – continuò quell'uomo di sbieco, sferrando un coltello rivestito di luce oscura. – Dammi le due monete d'oro che tieni in cassaforte!

– Quali monete? – azzardò il giovane proprietario vestito di nero, puntando al cassetto dove era nascosta una vecchia semiautomatica.

– Sbrigati, – sogghignò imperativa la sagoma falsamente natalizia. – O ti squarcio l'anima!

Il ragazzo fece esplodere un colpo e l'uomo cadde a terra privo di sensi. Il giovane prese le due monete d'oro, adagiandole sugli occhi del malcapitato Babbo Natale:

– Ora potrai pagarti il viaggio con Caronte, bastardo!

Eccomi qui, ecco la mia storia, sono quel giovane che ha perso ogni speranza e si è chiuso nel suo destino maledetto.

Ormai le nuvole si ancorano alle colline, il sole cede il posto a notturne note, àfone, in attesa del grande giorno.

Cella 24

Il mio corpo era stato dipinto esanime, supino, sotto l'albero di Natale. Oggetto d'arte, soggetto di morte. L'immagine presentatasi alle mie pupille velate era stata fugace, premonitrice di un altrui destino funesto, ma talmente eloquente per rimanere impressa negli occhi di chi mi stava osservando, specchio trasparente del martirio della mia giovinezza violata.

Da lontano, voci di bambini increduli sembravano ammirare la grazia del gioco di colori e delle luci attraverso la luminosità candida del mio essere. Odori di muschio, bacche rosse e vischio s'insinuavano nelle mie narici sottomesse. L'immagine predominante della miscela rossa, acida, fumante sul pavimento di quell'appartamento prevalse su tutte. Intuii. La mia anima era transitata in pochi attimi oltre il varco del comprensibile.

– Vigilia, cosa ti è successo, – urlò Stefano, in preda all'angoscia. – Chi ti ha ridotto in questo stato?

– È stato Natale!

Furono le mie ultime parole, consapevole che uno dopo l'altro, entrambi, Natale e Stefano, avrebbero seguito la mia stessa fine; quella delle feste.

Ah ah! Il mio cinismo ha trasformato l'inchiostro, rendendolo antipatico fino alla fine!
Ah ah! Cella 24, poi 25, infine 26... e il grande giorno per tutti!

Cella 99

Mi chiamo Natale Guerra. Mi sono avvicinato all'abete maestro addobbato per il 25 dicembre ed ho immediatamente percepito l'inferno dentro le mie viscere.

Bruciori di stomaco invasero le mie pareti corrose da vizi alcolici, facendomi barcollare da un addobbo all'altro senza fissa dimora. I miei pensieri, che profumavano di alambicchi incrostati, si sono liquefatti. La notte di Natale è arrivata con insistenza. Renne impazzite hanno disturbato il silenzio con prepotenza arcana, insoliti rumori provenienti dalla punta dorata dell'abete ottenebrato si sono fatti sempre più incalzanti. Mi sono voltato, terrorizzato.

Un'ombra stranamente allungata mi ha raggiunto con le sue movenze ramificate ed ossessive. Ho affrettato il passo, ansimante. Non ho mai vissuto una notte così dannatamente ubriaca, angosciante ed assillante quale la paura della festa di Natale. Nelle mie mani, nessun ricordo motorio se non la prova visiva della lama di un coltello sporco di sangue.

Le stesse ombre mi accompagnano in questa notte, ingrata, sbarrata, imprigionata tra le mie tenebre. Qui tutti aspettano il grande giorno, insonne dai tempi dei tempi.

Cella 47

Mi hanno detto che ho violato il suo corpo. Non è vero, ho sublimato il suo cuore, ho esaudito la mia mente, le ho strappato il sorriso. Mi ricordo bene, l'ho spogliata della sua pelle, delle sue esuberanze, delle sue paure. Un abito lussuoso è una coperta bugiarda, tradisce.

Io non tradisco, mi rivelo come sono. La gente non capisce, l'ho fatto per lei. L'ho inseguita nella città, sotto la luna nera. I miei pensieri hanno vagato senza indugio, le mie mani erano alla ricerca di fiori, i miei passi affondavano veloci il prato ricamato di freddi fili.

La mia vita ha vibrato, la furia della mia fantasia ha condito la mia pazzia, un ultimo abbraccio ho stretto prima che la cicatrice segnasse per sempre il suo destino. Qui i muri sono fatti di silenzi, confusi e assopiti. L'odore di carne bruciata aleggia tra le fessure. Nessun soffio di consapevolezza se non quello delle mie mani vittoriose come sciacalli, tra i rovi di ginestra ed i suoi sogni infranti.

Sullo sfondo il manto celeste oscurato è pieno di stelle di Natale, vacillanti nella loro luce fioca e impassibile.

Quale grande giorno?

**

– Le celle che chiamerò ora, devono essere preparate per il grande giorno: 13, 17, 666, 48, 1 e 2, 81, 24, 99 e 47. Procedete con i detenuti e non dimenticatevi che questo è un carcere di massima sicurezza.

– Sì, capo!

– E ricordatevi: i detenuti avevano un ultimo compito da eseguire. Mettere nero su bianco le loro memorie, le loro parole vuote, i loro efferati omicidi, le loro pazzie, che bruceranno rapidi e indolori assieme alle loro carni putride!

Le lenti morti di ogni giustiziato si susseguirono senza nome, senza tempo, senza suono; i contorni erano nitidi, reali, letali.
Nessuna sospensione dell'esecuzione, che cominciò silenziosa: l'iniziale corpo in preda a convulsioni ed attacchi epilettici, seguiti da un sonno profondo, poi l'assenza del respiro, per ultimo l'arrestarsi del battito cardiaco.
Da dietro il vetro, il giornalista si limitò a registrare con gli occhi ogni parola, a fotografare ogni immagine del passato riflessa negli occhi velati dei parenti delle vittime, a raccontare gli sguardi fissi delle guardie carcerarie.
Nelle sue mani giacevano, trapassate di storia, le copie numerate delle lettere trascritte assieme ai detenuti. Appoggiato sulla sedia di fianco a lui, il suo blocco per appunti riportava il titolo dell'articolo in uscita sul numero del giorno di Natale:

Il grande giorno. Pena capitale.
Un giusto castigo o un assassinio legalizzato?

I presenti rimasero a fissare il nulla; l'indicibile.

Nessun movimento, se non quello delle pupille, alla ricerca di tragiche scomparse e amabili resti.

Mani di violino

I capitolo - Nota di testa alcolica:
Manìa, eau de parfum

In quell'istante l'inferno divampò nelle sue viscere,
in profondità. Bruciori, lampi, lacerazioni dell'anima
mescolati al ribollire dei sentimenti e contrastati
dallo scoppiettio irregolare del suo cuore.
Carlyle Evans era tutto ciò, in quel preciso attimo.
Nonostante l'aria faticasse a penetrare nelle sue
narici ancora vivide e sagaci, egli si sentiva
stranamente a suo agio in quel luogo, sospeso e
cullato da lingue di fuoco che si trasformavano ogni
volta in giovani cigni neri dalle piume
solleticanti e infernali. Il calore saliva dal cuore fino
alla gola, la mente si abbandonava a incubi alati che
volteggiavano silenti e ignari della loro essenza.
Davanti a lui, strani bagliori di luci intermittenti si
manifestarono come fanali di auto impazzite nella
loro corsa contro il tempo. Carlyle non aveva
completamente rinunciato alla luce, la sua
propensione per l'oscurità era oscillante, il suo
tormento e l'intima disperazione lo facevano
ripetutamente sprofondare verso gli inferi, dove
trovava una sorta di sollievo, come questa volta.
Egli aveva iniziato a girovagare per il labirinto
creatosi dietro l'angolo di quel vacuo spazio
temporale, era vagamente consapevole che avrebbe
trovato almeno un'uscita, ma si affaticava nella sua

ricerca. I suoi sogni si erano liquefatti, odoravano di tuberi distillati, bruciavano dentro al suo ventre, si eccitavano nella loro rivelazione attraverso le sue pupille arrossate e la bocca tumida e scarlatta. Sintomi ubriachi di verità e desiderio di vita avevano ora preso il sopravvento, barcollavano da un pensiero all'altro senza fissa dimora.

Con lo sguardo irremovibile sul suo penultimo bicchiere (Carlyle odiava la parola ultimo) che giaceva solitario sul bancone del bar, cercò con mani incerte le chiavi dell'auto, accuratamente riposte nella tasca della giacca poco prima che le lingue roventi ed egemoni si appesantissero su suoi pensieri.

Era forse già ora di andare, di ritornare in quell'appartamento? No, non poteva, non riusciva, non doveva.

Dopotutto, l'aveva vista un paio di volte.

E se l'avessero riconosciuto comunque?

Disarmato dal profondo degli inferi, Carlyle diede un'occhiata alle sue dita ed ebbe la percezione seppur velata di vederle macchiate, scolorite.

Perché? E perché sentiva un dolore al petto, ai polmoni, come se qualcuno lo avesse colpito dritto al cuore?

Non se lo spiegava, non riusciva a concentrarsi su quello che aveva fatto nelle ore precedenti... con chi era stato?

L'unico ricordo prepotente era l'immagine del colore della miscela rossa, acida, fumante sul pavimento di quell'appartamento, dove giaceva supina lei, soggetto di morte.

Con lo sguardo miope ed ebbro, Carlyle aveva provato a seguire le intenzioni che gli occhi del barman tentavano di esprimere, come oppresse da un unico pensiero e smaniose dell'appoggio temporale delle lancette dell'orologio appeso alla parete alle sue spalle.

– È l'una e 32 minuti.

Il barman borbottò, rispondendo alla domanda di Carlyle. I numeri e le lancette parevano ruotare in senso antiorario e contorcersi nei loro movimenti alla disperata ricerca dell'orario perfetto, come la pallina nel gioco della roulette una volta lanciata nel suo viaggio verso il numero fortunato.

– Carlyle, ragazzo, – irruppe una voce, materializzatasi attraverso una pacca impulsiva sulla spalla destra di Carlyle, turbandolo e catturando la sua attenzione oramai offuscata dal calore intenso e distillato, assaporato goccia dopo goccia in completa solitudine. – Non perdi il vizio, eh? Hai accompagnato qualcuno da queste parti?

– Porthos, senti chi parla! Riconoscerei l'odore della tua anima dall'olezzo che emana, – asserì Carlyle, con l'unica certezza che risiedeva tra le poche zone dell'epitelio olfattivo, rimaste ancora indenni dall'oppressione dei vapori alcolici. - Perfino se tu fossi lontano un miglio!

Durante un servizio notturno, Carlyle si era imbattuto per caso in Porthos: un senzatetto particolarmente estroverso che tutta Fiddle Town conosceva molto bene, o comunque di cui aveva sentito parlare almeno una volta.
Nessuno conosceva il suo nome di battesimo, ma i cittadini di Fiddle Town avevano iniziato a chiamarlo Porthos, per le sue storiche tracannate di vini italiani e per la propensione irremovibile verso il gentil sesso; quei 'bocconcini lussuriosi', come li chiamava lui, della Pink Area, zona periferica che inglobava a sua volta il quartiere Z.O.E. (acronimo per "Zone Over Eden", così denominato per l'alta concentrazione di prostituzione giovanile d'alto borgo).
La sera del loro incontro, Carlyle aveva appena terminato un servizio come conducente di taxi e, poco prima di entrare in auto per rientrare a casa, Porthos si era appostato davanti all'automobile, parcheggiata alle porte del quartiere rosa, chiedendogli di offrirgli un bicchiere di Amarone

della Valpolicella.
Carlyle non era solito chiacchierare con i senzatetto, soprattutto con quelli dalle idee chiare.

– Ho sete, ho bisogno di te, aiutami a colorare la mia fantasia e a profumare la mia anima.

Carlyle ne aveva visti tanti come lui, per la città, sia di giorno che di notte e non ne aveva paura; sentiva che quel destino sarebbe potuto toccare anche a lui stesso; non poteva escluderlo; ma Porthos era marcatamente diverso: fra le sue peculiarità, risaltava quella di intonare (o meglio, stonare) delle melodie che ricordavano spartiti ricercati, sostenute dalla sua spiccata mimica nel fare vibrare e pizzicare, con dita sporche ma libere di condurre, corde di violino immaginarie.
Durante quell'incontro fortuito, Carlyle aveva udito una sorta di sequenza di suoni vocali che richiamavano "La Primavera" del grande compositore italiano Vivaldi: rimase fermo in piedi a fissare il maestro improvvisato, quasi attratto dalle sue movenze, assolte da ogni peso, durante quella notte silente.
L'eco stonato di Porthos si era sprigionato attraverso i giochi di luci e ombre che il suo corpo proiettava, deformate, facendole rimbalzare tra una parete e l'altra delle case che riflettevano il colore delle loro

giovani inquiline, rosa e porpora.

Carlyle si era sempre chiesto da dove provenisse tanta delicatezza da un uomo così fisicamente ben messo e robusto, dalle mani grandi e tradite dal destino. Le uniche informazioni trapelate dalla bocca ubriaca di Porthos erano state la sua origine veneziana e che, dopo ben oltre dieci anni segregato in un istituto psichiatrico californiano, quest'ultimo era stato sgomberato durante gli anni ottanta, per cui egli come molti suoi simili era stato praticamente abbandonato per la strada, nessun parente stretto rimasto in vita, per quanto potesse saperne lui.

Porthos, mosse le dita in maniera confusa, dopo avere alzato un braccio per attirare l'attenzione su di sé:

– Barman, il solito!

– Porthos, ho un nome io, – esclamò scocciato il ragazzo, con una reazione che distrasse Carlyle dal suo bicchiere, per quanto esagerata e fuori luogo. – Lo sai, o non mi riconosci più, forse? Sono Brian. Brian!

Porthos sapeva che aveva i minuti contati, nel senso che il proprietario del bar non voleva che disturbasse i suoi clienti, quindi rimaneva giusto il

tempo per bersi due dita di Amarone sempre offerte,
a turno, dal primo malcapitato; quella era la volta
del portafoglio di Carlyle.
A Fiddle Town non era così semplice trovare
bottiglie di Amarone importate dall'Italia, ma
Porthos conosceva a memoria tutte le enoteche e i
ristoranti che ne facevano scorta: lì a poca distanza
dalla zona rosa era semplice trovarlo, la clientela era
ricca e internazionale.
Il locale si era riempito, all'orario di chiusura
mancava un'ora. Carlyle e Porthos erano stati in
silenzio per appena cinque minuti davanti ai
rispettivi calici, questi ultimi ormai deformati
dall'alito appesantito dei due improvvisati
degustatori. La porta del locale si era chiusa e
riaperta con regolarità, lasciando spazio a gente
originale travestita e mascherata per l'occasione di
Halloween, fino all'ingresso di una giovane donna
sinuosa aggrappata al braccio di un uomo alto,
distinto, ben vestito nel suo abito casual.

– Profumo di agrumi freschi e bergamotto, – si
riprese Carlyle, con lo sguardo incuriosito rivolto
verso la coppia che aveva appena varcato la soglia
del bar. Era riaffiorato in lui, anche se per poco, il
ricordo di Grasse, città francese rinomata a livello
internazionale, per la produzione di storiche
fragranze. – Fondo virile, legnoso; un'essenza che

rivendica tutto il suo fascino, vero Porthos? Ah, già; tu non te ne intendi...

– Profumo di abete rosso e acero, – farfugliò Porthos, assorto in pensieri privati. – di legno nuovo come la bottega dei miei violini; eh sì, i suoi violini.

Gli occhi assenti del senzatetto, si rivolsero verso il bicchiere, appena riempito di amabili ricordi.
I due uomini divennero sensazioni a confronto: due essenze allo specchio, due persone in bilico tra presente e passato, come se, in quel preciso momento, le lingue di fuoco avessero smesso di avvolgerli nell'oblio per farli risalire verso uno spiraglio di luce, breve ma intenso, come i profumi che si erano a loro palesati; le loro narici avevano reclamato invano la coscienza di sé, temporaneamente perduta e acquattatasi in un dedalo spigoloso, ingrigito dal vapore alcolico, intenso e vertiginoso.
Il loro momentaneo risveglio aveva bussato e chiesto udienza, preliminare, transitoria, ingannevole.

II capitolo - Nota di cuore rosa

Ai tavoli del bar la gente chiacchierava animatamente, come posseduta da quello spirito profano, misterioso e burlesco tipico della festa in maschera. In un angolo, dove le luci erano più soffuse, la coppia appena entrata stava ulteriormente vivacizzando l'atmosfera.

– Amore, mi sei mancato, – esclamò Emily, con voce suadente, afferrando con una mano sotto il tavolino la coscia di Barrett, bramosa di stringerlo tra le sue lenzuola di seta preferite. – Ti ho aspettato a casa come mi avevi detto! Profumi di buono! Non credevo volessi vedermi, sai... dopo la telefonata di tua moglie.

Emily rovistò nella borsetta, alla furiosa ricerca del suo rossetto preferito. Non riusciva a rimanere più di mezz'ora senza rimettersi a posto il trucco, né a umettarsi e lucidarsi le labbra, chirurgicamente abbondanti.

– Non ne voglio parlare qui... e poi non voglio che la nomini, – la rimproverò ad alta voce Barrett che, pensieroso e allo stesso tempo con il volto insonne, continuò nel proprio discorso. – Tutto mi si è oscurato in una lenta dissolvenza; non capisco come io possa avere anche solo fatto il gesto di alzare le mani su di lei, non mi era mai capitato. Sì, è vero, mi ha portato all'esasperazione dicendomi che sa di noi, che ci ha visti... ha parlato del quartiere rosa.

Con i suoi discorsi, Barrett aveva azzittito Emily e, con una stretta vigorosa ed ambigua, aveva spostato la mano di lei, dalla coscia ai pensieri notturni, come per ricordarle che lei aveva un unico compito e non certamente quello di occuparsi di sua moglie.
Emily Rose Campbell e Barrett Cooper si erano conosciuti per caso un anno prima.
Durante la premiazione del concorso letterario nazionale "Parole tinte di giallo", il Best Storyteller Award a Fiddle Town; Emily aveva accompagnato Barrett sul palcoscenico dello Stars Theatre, per consegnare il premio, una targa incisa, alla vincitrice: una certa Amy Dawson. Emily era stata scelta come hostess dalla casa editrice che aveva indetto il concorso e organizzato l'evento, quella di cui era proprietario lo stesso Barrett: la "Cooper's & CO Dream Publishing". Alla serata erano presenti le autorità locali, scrittori emergenti, piccola e media editoria, rappresentanti di una trentina di case editrici, insegnanti e critici letterari, nonché giornalisti di testate locali. Non per ultimo, anche il grande Mike Bennett, ospite d'onore più ricercato in ambito letterario nell'ultimo anno, considerato lo

scrittore del momento per il successo internazionale ottenuto con l'uscita del suo primo romanzo thriller: Corde insanguinate; edizioni Barrett & CO.

Tale occasione, apparentemente come tante altre a cui Barrett era solito partecipare per lavoro, fece nascere la prima scintilla di un amore passionale e travolgente. Barrett e Emily avevano scambiato nulla del loro passato e poco del loro presente, ciò che li aveva uniti sin da subito era stata la loro ricerca del fatuo e dell'immediato: nessun futuro, solo il presente da vivere in maniera fugace e libertina. Tutto ciò nonostante "& CO." significasse avere la moglie come socia al 51%, cosa da non sottovalutare. Barrett era sicuramente un genio nello scovare scrittori emergenti talentuosi e nel convincere scrittori di fama ad appoggiarsi a lui nell'editing e nella pubblicazione dei loro scritti, ma non riusciva a fare a meno della sua insistente propensione verso ciò che gli procurava un piacere frivolo. Emily non mancava mai di accontentarlo in ogni sua richiesta, era quello che le riusciva meglio: essere la regina del piacere, l'unica desiderata da tutti.

Il loro incontro al bar era stato un momento di passaggio, per bere un goccio e prepararsi ai capricci serali. Emily e Barrett si dileguarono in fretta tra la gente mascherata, sfuggevoli, lasciando sul tavolo il conto pagato.

III capitolo - Nota di fondo giallo

L'aria era irrespirabile, arcana. Era sera inoltrata, il sole si era ritirato dietro le colline di Fiddle Town disturbato dalla prepotenza insolita della luna. La notte era giunta senza fatica alcuna, corvina nella sua trasparenza, umida e purpurea come la bava di una creatura nera assetata di oscurità. Odore di rancido proveniva dal sottoscala della signora Eve Wollah che, qualche istante prima con l'inflessione silente e claudicante dei suoi passi, mi aveva sorpreso alle spalle domandandomi di poterla aiutare a spostare una cosa, così mi aveva detto.

La signora Wollah, vedova di origini inglesi, da tempo residente a Fiddle Town, conosceva molto bene i miei genitori: mi aveva visto nascere e crescere ricordandosi ogni volta della ricorrenza del mio compleanno.

Ci divideva solo un piano di scale ed era sua abitudine presentarsi davanti alla porta regalandomi la torta di 'Zucca e Spirito', come la chiamava lei, poiché era solita aggiungere alla ricetta qualche grammo di un ingrediente di cui non aveva mai svelato l'essenza, convincendomi che rendeva il dolce degno di essere divorato in un giorno che ella reputava speciale: il 31 ottobre, giorno della mia prematura nascita; nacqui durante una festa in maschera, in casa e la signora Wollah, ostetrica di professione, mi aveva aiutato a nascere, o meglio: a rimanere aggrappato al mondo dei vivi.

Quella cosa, insolita nella forma, pareva rivelare la disperata attesa di essere toccata, vissuta, svelata. Essa giaceva nel sottoscala, in completo abbandono su di uno scaffale difficilmente raggiungibile, quest'ultimo annerito dagli anni e dalla pesantezza di ragnatele invecchiate in fretta, e sprigionava un odore acerbo e nauseabondo per tutta la stanza. L'alone acre attirava l'attenzione delle mie narici, mi ricordava qualcosa che sentivo essere parte delle mie origini, ma un attimo dopo mi ripugnava quanto una carcassa in decomposizione.

Avevo iniziato a grattarmi la punta del naso, sfregando anche il palmo delle mie mani l'uno contro l'altro in maniera ossessiva, uno strano brivido era corso lungo le mie membra attanagliandole e stritolandole avidamente come un tritacarne. La signora Wollah era sempre stata di poche parole, lo sguardo fisso dell'iride vitreo e i suoi gesti convulsi mi catapultarono in un mondo altrove imprecisato nel tempo. Il tutto era durato alcuni secondi, lunghissimi istanti che fecero riemergere dal mio inconscio l'intensa paura che da bambino mi faceva temere la sua figura, ancestrale nella forma e sinistra nei movimenti.

Immediatamente dopo, mi ritornarono alla mente tutti i discorsi dei miei genitori circa la loro gratitudine nei confronti della nostra vicina, senza la quale io sarei rimasto un piccolo angelo trattenuto da cieli avversi. Mia madre era quasi svenuta durante la festa precedente la mia nascita e la signora Wollah le si era avvicinata aiutandola, pronunciando una sequenza di parole misteriose e occulte che avevano ammaliato quasi impietrito i presenti. Quella sera l'autoambulanza, chiamata per trasportare mia madre all'ospedale, non poté arrivare a causa della ricorrenza di Halloween, che aveva intasato le strade di ragazzi mascherati secondo la tradizionale festa celtica... e io nacqui tra le mani della signora Wollah che accompagnava il mio primo pianto con una filastrocca dalle parole incomprensibili e incantatrici.

– Oggi compi il tuo trentunesimo anno di età, è il tuo turno.

La signora Wollah vaticinò, come una veggente; in quel momento ebbi la certezza che fosse invecchiata ulteriormente, rispetto a pochi minuti prima: i suoi capelli, tinti, raccolti e immobilizzati in un'acconciatura di altri tempi, avevano iniziato a perdere colore e compostezza, muovendosi sciolti come tentacoli bramosi di catturare la propria preda o come serpi sulla testa di Medusa.
Quelle parole e quell'immagine mi avevano

mummificato nella mente, intorpidito nelle viscere, intrappolato nei movimenti.
Avevo paura.

– Intende dire che è il mio compleanno...

Asserii alla ricerca di ossigeno puro, per allontanare quel senso di soffocamento alla gola e le visioni macabre.
Gettai lo sguardo verso l'uscita, divenuta inarrivabile. La prospettiva degli spazi si era espansa oltre ogni confine tangibile, l'esalazione proveniente dal sottoscala aveva diffuso il suo fetore sulla mia pelle, i miei occhi avevano iniziato a lacrimare, a rinunciare alla luce. Rivoli di liquido giallastro scorrevano all'interno delle mie vene, ne vedevo il colore luttuoso, ne sentivo l'odore stagnante e ferroso. Voci di cui non conoscevo né timbro né significato provenivano dalle fauci avide della signora Wollah la quale, con l'aiuto di un lungo bastone, aveva spostato quello strano oggetto facendolo cadere a terra, provocando una grossa nuvola di polvere. Attonito, riconobbi quell'odore, quella quintessenza imperturbabile: la torta di Zucca e Spirito!

Toc toc

Bussarono inaspettatamente alla porta e ritornai improvvisamente in possesso del mio corpo, ora piccolo come quello di un bambino, il timbro della mia voce aveva perso la sua maturità. Davanti a me nuovamente la porta di casa della signora Wollah, alle mie spalle la rampa di scale che portava al piano di sotto.

– Dolcetto o scherzetto?

Assieme a me, un coro di voci di bambini amici.

– Bambini, vi aspettavo! Jack, è il tuo turno, – la signora Wollah si rivolse a me con tono ammaliatore. – Tieni; la torta di Zucca e Spirito per il tuo compleanno!

– Jack, dormi ancora? Svegliati, è tardi; dobbiamo iniziare a preparare la festa del tuo compleanno!

Mi alzai di scatto, ansimante, madido di sudore. Ogni anno, alla stessa ora, nello stesso giorno, faccio sempre lo stesso incubo, fin da quando sono bambino; unico ricordo che vive in me.
La signora Wollah è morta il giorno dopo che io nacqui, il suo appartamento è rimasto vuoto da allora, dalla porta sento ancora quell'odore rancido, acre, di spirito.

Anche i miei genitori sono morti, li ho uccisi tra i miei ricordi il giorno in cui ho saputo che mi avevano abbandonato.

Io non ho mai conosciuto la signora Wollah, ma Dora me ne parlava sempre, lei era presente quella sera durante la festa in maschera. Fino alla mia maggiore età sono cresciuto nell'orfanotrofio Glory a una cinquantina di chilometri da Fiddle Town. Dora mi ha accudito come una madre fino alla sua morte avvenuta due anni fa.

I miei genitori sono scomparsi nel nulla, forse suicidi nella loro pazzia.

Trentuno anni fa Dora mi ha trovato davanti alla porta, sul pianerottolo di casa, con un biglietto appoggiato sulla copertina che mi riparava dal freddo che riportava la parola 'Addio'.

Credo di aver ereditato un po' della pazzia dei miei genitori, ma anche del lato oscuro della signora Wollah. Tutto ciò che mi attrae è privo di luce, pieno di sofferenza e crudeltà. Non sono capace di amare, sono impulsivo, vado alla ricerca di ciò che procura un piacere immediato.

Solo l'arte in ogni sua forma mi allevia momentaneamente da questa ricerca affannosa, il bello mi appaga sempre.

La signora Wollah aveva tenuto impegnato il mio inconscio notturno per una mezz'ora, le palpebre avevano sbarrato i miei occhi spenti. Sentii il bisogno di uscire, di liberarmi da quel peso freudiano.

Presi la bicicletta, parcheggiata dietro lo stabile di casa, non era mia abitudine frequentare le vie illuminate. Mi diressi verso la Zone Over Eden, il richiamo era forte, insistente, ero eccitato. Sceglievo a caso le mie vittime, le quali non resistevano alle mie richieste.

Desideravo fortemente che il caso fosse il loro destino. Era l'unico desiderio di cui conoscevo bene l'essenza, il profumo di voluttà.

Il quartiere rosa mi stava aspettando.

Dall'angolo della strada tra la Pearl Avenue e la Daisy Street sbucava un taxi, con la portiera aperta, nessuno dentro e neanche fuori nel raggio di cento metri.

Mi diressi verso uno dei portoni dove conoscevo ormai tutte le inquiline e loro conoscevano i miei impulsi. Entrai e, nel sentire dei rumori di suole di scarpe dal suono leggero e veloce scendere le scale, mi ritrassi dietro le colonne dell'atrio, che sostenevano possenti i soffitti solidi e affrescati del cortile interno.

Un'ombra dai contorni maschili e allungati si era allontanata di corsa, sembrava indossare una giacca ma non riuscii a vederne il volto, soltanto il rumore di pneumatici di un'auto che partiva arrivò alle mie orecchie in maniera prepotente. Non mi aveva visto, ne ero certo, non mi ero mosso e, dalla fretta che sembrava avere, non ne aveva neanche avuto il tempo. In questi posti la gente va e viene, corre, si nasconde dietro a maschere indossate senza pudore, danza sulle note di musiche straniere che distraggono dall'oppressione della monotonia del quotidiano. Non avevo mai lasciato impronte, i miei guanti in lattice nero mi tenevano compagnia spesso, nessun segno del mio passaggio sulle mie vittime, nessun ricordo di me. Nessuna serratura chiusa mi avrebbe mai fermato. Stavo per riprendere il mio intento quando una coppia giovane e dai tratti allegri entrò dal portone principale, barcollavano abbracciati alla disperata ricerca dell'ascensore e di un posto dove appartarsi. Le loro mani avevano iniziato a esprimersi nella loro bramosia, le labbra lucide e vermiglie di lei si erano espresse in silenzio nell'orecchio del compagno di turno: la camicetta slacciata lasciava intravedere un ciondolo dorato a forma di cuore che si appoggiava sul suo seno sproporzionato e rigido. Ero abituato a quelle visioni, ero spesso il protagonista di quei giochi che sceglievo su misura.

Rimasi ancora nascosto fin quando i due scomparvero dietro a una porta dell'appartamento al primo piano.

Nel salire le scale sentivo urla di piacere alternate a brindisi di calici e risate femminili. Gli stessi rumori che avrei perpetuato anche io.

La serata di Halloween si prestava a festeggiamenti arcani, di pura estasi, spinti oltre il varco del comprensibile.

Mi fermai di fronte alla porta di Marta la bella. Mi ero sempre domandato come mai il campanello di casa riportasse un nome diverso. Durante il nostro primo incontro mi aveva detto di chiamarsi Marta e io le avevo creduto.

L'ingresso era buio, in lontananza solo una luce che proveniva dal soggiorno, mentre sullo sfondo una nuvola di vapore acqueo profumato provenire dal bagno.

Entrai, sapevo come muovermi nel buio, ero nato nell'oscurità. La luce era sempre più vicina, brillante e dai riflessi purpurei. Anche il piacere assoluto si stava avvicinando. Volsi lo sguardo alla ricerca di quel corpo meraviglioso, già me lo immaginavo nudo sotto la doccia, ma la tensione e la bramosia mi offuscarono la mente catapultandomi verso attimi di assenza, caddi quasi in un incubo a occhi aperti, mi succedeva spesso quando incontravo le mie vittime del piacere.

Improvvisamente mi ritrovai seduto sulla poltrona di pelle bianca del soggiorno e l'immagine che si propose ai miei occhi fu maestosa. Avevo una sensazione strana alle mie mani. L'immagine era ora nitida, allo stesso tempo ammaliatrice, il corpo di

Marta era supino, leggero, freddo e umido. La sua veste di pizzo color bianco glaciale sembrava allontanarsi da lei cercando un altrui corpo sul quale adagiarsi e riprendere forma sinuosa. Il pizzo lasciava trasparire l'incarnato della sua pelle, ora stranamente color porcellana. Le sue braccia erano appoggiate sul ventre, i polsi s'incrociavano nel loro percorso e sembravano unirsi contro la sua volontà. Anche i capelli sciolti fluttuavano come il vestito. Nel guardarla sentivo voci sussurrare qualcosa di impercettibile alle mie orecchie, suoni invisibili anche ai miei occhi. Le voci sembravano ammirare la grazia del gioco di colori che si era creato intorno a lei attraverso la luminosità neutra del suo essere e lo sfondo luttuoso del suo destino casuale, lacerato profondamente all'altezza della gola. Il colore della miscela rossa, acida, fumante sul pavimento dell'appartamento le faceva da cornice.

Il caso aveva scelto, ora dovevo andarmene, ero stanco, nessuno doveva vedermi. Nell'allontanarmi cercai di chiudere la porta senza farmi sentire, ma c'era qualcosa che le impediva il suo percorso. Scappai in silenzio, presi la bicicletta, diedi un altro sguardo verso l'oscurità e me ne andai, avevo bisogno di dormire, di spegnere i miei sensi.

IV capitolo - Profumo di uniforme

– Buongiorno dalla Redazione di Canale 8. Apriamo il radiogiornale con una notizia macabra. Sono passati due anni dall'ultimo presunto omicidio del serial killer della Pink Area; dalle prime indagini, portate avanti dalla Polizia locale del 31° Distretto di Fiddle Town, sembra essere opera dello stesso serial killer che miete le sue vittime nel quartiere della Zone Over Eden. La vittima si chiamava Marta Garcia, giovane donna di ventun'anni trovata morta in un appartamento, con la gola squarciata. Per il momento gli inquirenti sono molto prudenti, il loro obiettivo è quello di acquisire ulteriori prove o impronte per effettuare una comparazione con tutti gli indizi raccolti negli omicidi precedenti.

Al 31° Distretto la radio era sempre sintonizzata sul Canale 8, dedicato esclusivamente alla cronaca nera.

L'ispettore Dexter Cyn Lane era in piedi con le spalle rivolte ai suoi colleghi e lo sguardo che sbirciava attraverso la vetrata panoramica del palazzo, al 17° piano, dove si trovavano gli uffici della Polizia locale.

– Anche la radio ne parla, che cosa hanno detto i telegiornali? Dobbiamo ancora iniziare le indagini e c'è già fuga di notizie! Anthony, portami il fascicolo, subito!

Lane s'infuriò, ripensando alla scena del delitto che i suoi occhi avevano minuziosamente fotografato quella stessa mattina.
In piedi vicino al corpo della vittima e cercando di non alterare nessun indizio, l'ispettore era stato attento ad ogni dettaglio come un critico d'arte si pone davanti al suo dipinto, estasiato davanti a un corpo perfetto nel suo essere oggetto d'arte che si era trasformato in un soggetto di morte. Il colore rosso aveva raggiunto la sua tonalità, la sua luminosità, la sua massima saturazione.
Inizialmente soltanto una breve telefonata anonima aveva detto che il corpo era in quell'appartamento. Il poliziotto di turno al centralino del distretto si era limitato a registrare distrattamente gli estremi. Lane era stato avvisato alla mattina presto, di conseguenza si era immediatamente recato sul luogo del delitto, per poi andare in ufficio smanioso di sedersi sulla sua poltrona preferita, con la sigaretta sempre accesa e la mente assorta nei pensieri della vittima, come per carpirne le azioni e i gesti convulsi aggrappati all'ultimo spiraglio di luce, prima di spirare.
Quel pomeriggio le radio e i media locali ne stavano già parlando, quel caso doveva rientrare nella

giurisdizione di Lane, dato che sembrava essere correlato al fascicolo Artistic Blade, il serial killer del quartiere rosa, ancora libero.

La lama artistica e affilata del killer faceva rivivere le sue vittime attraverso la messa in posa dei loro corpi, come modelle davanti al loro pittore aguzzino in preda alla follia artistica espletata attraverso un quadro immaginario. Per Lane questa era quasi una sfida.

– Il corpo esanime mi ricorda il dipinto di Paul Delaroche, – disse tra sé e sé Lane. – 'La giovane martire'.

Lane affondò la seduta sulla poltrona, alla ricerca della posizione fisica perfetta come base per le dovute analisi, bramando la soluzione finale, nonostante quello fosse solo l'inizio di una lunga indagine.

Cyn era il soprannome dell'ispettore; stava per cinico, sfumatura principale del suo temperamento, proprio come il profumo che usava spruzzarsi addosso quasi per dispetto, perché sapeva che non era di gradimento a nessuno.

Nel suo essere solitario, Lane era un connubio di stranezze caratteriali e fisiche: aspetto affascinante con una voce dal timbro autorevole come Perry Mason, fisico alto e magro, sensitivo e nervoso, amante del violino come Sherlock Holmes, ma anche cinico e sprezzante nonché raffinato e colto, appassionato d'arte come Philo Vance. Oltre a essere misogino e sofisticato buongustaio, dalla bocca pronunciata e dal naso marcatamente aquilino.

– Anthony, – sbraitò Lane. – Il caffè! E portami quel dannato fascicolo, ti ho detto!

Spense il mozzicone di sigaretta per terra e rivolgendo lo sguardo indisponente verso uno dei poliziotti della sua squadra.

– Capo, eccomi, – rispose Anthony con tono garbato, come era solito fare, allungando a Lane il fascicolo appesantito dal contenuto raccapricciante. – Il collega mi stava aggiornando sulla telefonata anonima registrata ieri notte: colui che l'ha fatta è qui, si è presentato come Brian Wilson, incensurato.

– Ok, ma intanto trovami anche una certa Emily Rose Campbell, la vittima si trovava nel suo appartamento. Dai primi interrogatori fatti alle inquiline del pianerottolo e di tutto lo stabile, sembra mancare da un paio di giorni, ma qualcuno ha sentito rumori di una presenza che entrava qualche giorno fa, probabilmente la vittima.

Anthony, non ti perdere in chiacchiere, forza!

Lane era già stato fagocitato dal caso di turno:
odiava non avere tutto sotto controllo sin dall'inizio;
per questo riversava le sue vomitate caratteriali su
tutti, soprattutto su Anthony; Anthony, dal canto
suo, conosceva Lane da anni e sapeva come
prenderlo: obbedendo agli ordini e lasciandolo
stare.
Con le spalle rivolte a Lane, Anthony andò incontro
al ragazzo incensurato, facendogli cenno di
avvicinarsi all'ispettore.

– Sei ancora qui? Non abbiamo tempo da perdere!

Le parole di Lane rumoreggiarono tra le pareti del
suo ufficio, prendendo nuovamente di mira Anthony
ed esprimendo la sua solita irrequietezza, attraverso
la trasparenza delle pupille arrossate. Nel frattempo
l'incensurato,
imbarazzato e impaurito, si avvicinò alla scrivania di
Lane, supportato dallo sguardo rassegnato di
Anthony.

– Sono l'ispettore Dexter Lane. Si sieda, signor...

– Brian Wilson, ho chiamato io ieri notte, - proruppe
il ragazzo mordendosi le unghie delle mani con fare

maniacale, come in preda a sensi di colpa taglienti e luttuosi. – Avevo paura, sì. Non l'ho detto subito; non sapevo cosa fare, ero in preda al panico!

– Si calmi, signor Wilson. Anthony, un bicchiere d'acqua per il signor Wilson, subito. Allora, mi racconti tutti i dettagli dell'accaduto.
Era la prima volta che Lane si dimostrava accogliente e pacato con un testimone, non era mai stato nelle sue corde l'invito alla calma; era tutta, ovviamente, apparenza: un metodo per fare parlare il testimone; sapeva che avrebbe funzionato.

– Appena sono arrivato nell'appartamento, l'ho trovata; lì, sul pavimento; in una pozza di sangue! Era dalle 23 che provavo a chiamarla dal bar: ero di turno a servire a banco e ho chiuso cassa alle due e mezzo di notte, come sempre e... Wilson cercava di respirare profondamente tra una parola e l'altra, alla ricerca di nuovo ossigeno, riproducendo la voce di un bambino poco prima del suo prevedibile pianto liberatorio, a seguito di una caduta impacciata.

– Aspetti, Wilson. Come mai lei è andato direttamente in quell'appartamento? Ci risulta essere in affitto ad una certa Emily Rose Campbell...

L'ispettore aveva seguito per filo e per segno ogni

sfumatura del dialogo, dubitando fin da subito delle parole del ragazzo, appese all'incertezza evidenziata dal tono della sua voce.

Il ragazzo stava forse mentendo? Una copertura il suo fare goffo e timido?

Erano tutte domande che Lane aveva interiorizzato avidamente. Inoltre non poteva fare a meno di fissare il movimento delle dita delle mani del ragazzo, che avevano improvvisamente afferrato la prima matita trovata sulla scrivania, facendola roteare avanti e indietro con entrambi i pollici e gli alluci con una cadenza dannatamente ritmica e fastidiosa.

– Sì, lo so, io non approvavo quell'amicizia, voglio dire... tra lei e Emily. Io non ho mai incontrato Emily, non so chi sia. Con Amy eravamo rimasti d'accordo che ci saremmo sentiti dopo quell'ora, le 23... mi aveva detto che prima si doveva incontrare con una persona, non mi ha detto nulla di più, – Anthony si fermò per qualche secondo, schiarendosi la voce. – Amy aveva chiesto in prestito a questa Emily il suo appartamento, usava farlo anche per i nostri appuntamenti, ma io... io mi ero innamorato veramente di lei, ispettore.

Il sentimento di Anthony venne confermato dal tono offuscato e dalla voce rauca, causa di affaticamento emotivo.

Il livello dell'acqua nel bicchiere era diventato tale, ai suoi occhi, da non essere più dissetante; nonostante questo continuò:

– Le avevo già detto di smettere di fare quel mestiere. Lei si era decisa, ma non era ancora riuscita a farlo; Amy avrebbe prima dovuto sistemare alcune cose della sua vita, così mi disse. Poi sarebbe venuta a vivere con me.

– Scusi come ha detto? L'ha chiamata Amy, – diffidò nuovamente Lane, sulla scia dei propri pensieri, già avvinghiati alla domanda successiva. – Stiamo parlando della vittima, vero? Di Marta Garcia?

– Esatto. Amy Dawson, il soprannome che Marta usava per i suoi elaborati e i suoi scritti. Amy non era come tutte le altre: aveva un fascino particolare, anche quando parlava e, soprattutto, quando scriveva. Mi ha anche fatto leggere alcuni suoi racconti.

Wilson sembrava essersi acquietato, non appena subentrarono i ricordi delle dolci parole della sua amata.

– Amy Dawson, scrittrice? Anthony vieni qui di corsa!

L'ispettore si agitò, come una scarica di proiettili impazziti nella corsa verso il bersaglio prescelto.

– Sì, capo, – disse questa volta Anthony con tono determinato, come se qualcosa nella sua mente si fosse illuminato e lo avesse fatto rinascere sotto un'altra identità, ora decisa e in posizione di difesa. – Eccomi.

– Controllami questo nome, Amy Dawson, – Lane indugiò per qualche secondo sul nome da lui stesso pronunciato. – Mi ricorda qualcosa.

– Subito, capo.

– Anthony, sei ancora qui? Ti ho detto vai... cos'è quello sguardo basito da povera zitella incapace!

Era diventato quasi imbarazzante dare ascolto a quelle parole di denigrazione dei poliziotti, sottoposti ai modi irriverenti e maleducati dell'ispettore.
Con l'espressione incuriosita, posatasi su una foto che ritraeva l'ispettore e Anthony sorridenti durante una giornata dedicata al barbecue domenicale, Wilson continuò a dare sfogo ai suoi pensieri, tenendo ben stretta la matita che, nel gesto di

roteare, sembrava si fosse realmente assottigliata, per via di una sorta di tensione corrosiva.

– Ispettore, io ho conosciuto Amy Dawson un anno fa, durante la premiazione pubblica del Best Storyteller Award, qui a Fiddle Town. Tra tutti i partecipanti lei è arrivata prima; era talmente bella sul palcoscenico, che avevo voluto conoscerla a tutti i costi, – Brian proseguì il racconto, con tono sempre più orgoglioso ed entusiasta. – Sa, ispettore, tra una foto e l'altra... io ero lì come ospite, invitato dalla casa editrice New Dawn Books, dove lavoro part-time come fattorino e smista-posta. Arrotondo facendo il barman e...

La frase rimase sospesa nel vuoto: Wilson si voltò verso i passi che sopraggiungevano, svelti e sistematici nel loro avanzare.

– Eccomi, capo. Ci sono articoli di giornale che ne parlano. Un anno fa, Amy Dawson ha vinto un concorso letterario nazionale.

Con un gesto unico, Anthony appoggiò tutto il materiale periziato sulla scrivania e, prima ancora che l'ispettore lo rimproverasse come era solito fare, preferì allontanarsi senza aggiungere una parola.

– Sì, ora lo so Anthony. Bene, lasciami qui tutta la documentazione. Ah, ricordati, trovami Emily Rose Campbell; voglio che la scoviate immediatamente e la portiate qua, – ordinò Lane ai suoi uomini e, rivolgendosi a Wilson senza guardarlo in volto, lo esortò. – E lei, signor Wilson, verrà trattenuto qui al distretto; nonostante nell'appartamento ci fossero migliaia di impronte non rilevabili, lo sa che c'erano comunque le sue ben in vista sulla scena del delitto? Si trovi un avvocato.

Terminò provocatorio Lane, volgendo le spalle a tutti i presenti e riaccomodandosi sulla poltrona veterana delle sue lunghe meditazioni.

– Ma come? Io non ho ucciso la mia Amy! Gliel'ho già detto! Non ho bisogno di un avvocato!

V capitolo - Profumo di vendetta

Quella mattina Anthony si era alzato stanco, pensieroso. La cura che il suo medico gli aveva consigliato da tempo era quella di prendersi un periodo sabbatico per rilassarsi e meditare sulle sue scelte future, ancora incerte, forse era per quello che non aveva né voglia né energia di rispondere alle strigliate del capo. Anthony era ancora molto giovane, era poco più che trentenne. Entrare in Polizia era sempre stato il suo sogno, quindi per nessun oro al mondo avrebbe cambiato lavoro. Forse quello di cui aveva bisogno era mettere a posto alcuni
aspetti della sua vita personale: dopo che la sua ragazza lo aveva lasciato, più di sei mesi prima, si era buttato giù e sembrava avere rinunciato alle uscite con i suoi amici. Le bottiglie di birra schierate sul tavolo di casa sembravano fare a gara per rimanere il più possibile vuote e abbandonate. Stava tentando di
riprendersi e per questo aveva scelto di appoggiarsi a uno psichiatra senza vergognarsene. Ne aveva fatto cenno anche con Lane.
Nel frattempo, le ricerche della signora Emily Rose Campbell avevano avuto successo. Un paio di colleghi poliziotti l'avevano trovata e portata direttamente al distretto, lasciandola nella sala

d'aspetto assieme a una guardia.

Prima di andare incontro alla testimone numero due, Anthony aveva deglutito una pillola, appena prescritta, la cui confezione era rimasta ben in vista sulla sua scrivania.

– Capo, ecco la signora Emily Rose Campbell.

Anthony, dopo avere incrociato lo sguardo ammiccante e parzialmente analitico della signora Campbell, si rifugiò nuovamente nel suo ufficio. Incredula e senza profferire ancora parola, la signora Campbell avanzò, con anche pronunciate e glutei generosi, ondeggiando da un lato all'altro, supportata da tacchi vertiginosi ricoperti di swarovsky rosa. Il suo ingresso si era fatto decisamente notare: se i pensieri dei poliziotti presenti avessero avuto voce per decantare la visione, avrebbero vibrato nella stanza e penetrato le pareti senza alcuna difficoltà.

– Buongiorno, – iniziò la signora Campbell. – Lei è l'ispettore...?

– Dexter Lane, – rispose l'ispettore indifferente e cinico, velatamente piacione. – Può chiamarmi Dexter.

– Anthony, chiudi la porta... e chiamami se quell'altro di là ti fa problemi, capito? – ordinò Lane, riferendosi al signor Wilson, il testimone numero uno, rimasto seduto in una stanza scortato da un paio degli uomini del distretto. – Certo capo... ed ecco il suo caffè.

Come una segretaria di vecchio stampo, alla mattina Anthony era solito entrare in ufficio accendendo subito la macchinetta del caffè e, come per un automatismo cucito sulla sua pelle da anni, riempiva la tazza del capo ogni volta che la vedeva vuota. Questo voleva dire che l'ispettore riusciva a bere dai dieci ai dodici caffè al giorno e, per la fortuna di tutti, non era sempre in ufficio.

– Perché sono qui? – Chiese subito la signora Campbell, con tono interrogatorio e ricontrollandosi il trucco allo specchio appena preso dalla borsetta. – Non mi avete neanche fatto entrare nel mio appartamento, mi avete prelevato al salone di bellezza davanti a tutti senza ritegno e, come se nulla fosse, mi avete avvisato che c'era stato un omicidio! Che modi sarebbero, con una signora?

Emily concluse con quel tono arrogante che era solito celare un alto livello di paura e ignoranza.

- Signora, per così dire... Campbell, - rispose Lane nel ruolo di Cyn, sentendoselo in quel momento calzare addosso a pennello. - L'abbiamo convocata per rispondere ad alcune domande; non per farne. Dove si trovava la scorsa notte? E dove è stata negli ultimi due giorni? Ne parlano tutti i giornali: Marta Garcia, se non erro sua amica, conosciuta anche come Amy Dawson, è stata trovata sgozzata nel suo appartamento!

- Amy? Ammazzata nel mio appartamento? - Emily Rose Campbell, visivamente esterrefatta per la notizia, iniziò ad alzare il tono ad ogni parola, fino ad urlare. - Com'è possibile?! Oh mio dio!

- Lasci stare il suo dio, - continuò Cyn Lane. - Mi dica dov'è stata in questi giorni!

- Quando? Perché me lo chiede? Non ho fatto nulla io! Comunque ero a casa di un caro amico.

La Campbell aveva iniziato a rovistare nella borsetta, alla ricerca disperata di qualcosa che, questa volta, non sembrava essere il rossetto; improvvisamente fece riversare tutto il contenuto della borsetta sulla scrivania, da cui prese il fazzoletto di seta per soffiarsi il naso piccolo e incipriato.

– Segregata a fare giochi per adulti, immagino, - arringò Cyn Lane, completamente disinteressato della possibile commozione della signora e con la tazza del caffè in mano, pronta per essere riempita nuovamente. – Come si chiama il suo amico?

– E' un semplice e caro amico, le ho detto, - rispose la signora, facendo trapelare un certo non so ché di distrazione e distacco dalle parole appena pronunciate. – Uno dei tanti amici che ho.

– Sì, immagino, uno dei tanti amici di letto che la coprono d'oro: bei vestiti, tacco quindici e iniziano subito i giochetti a luci rosse. Come ha conosciuto Amy?

– Beh... se non ricordo male più di un anno fa, in agenzia.

La signora Campbell sembrò iniziare a riprendersi, concentrandosi sull'ulteriore domanda dell'ispettore.

– Quale agenzia?

Lane simulò un atteggiamento irrigidito e sorpreso, in realtà sapeva benissimo a cosa Emily si riferisse, dal momento che l'informazione era stata evidenziata nel fascicolo della vittima.

– L'agenzia di moda in Pearl Street, la B&B Models. Eravamo entrambe là per un casting. Ci siamo scambiate il numero di cellulare e da quel momento abbiamo iniziato a frequentarci. Ogni tanto mi chiamava chiedendomi in prestito l'appartamento, diceva che aveva bisogno di appartarsi in silenzio. Io non le chiedevo mai nulla, ma sa, tra ragazze giovani e carine ci si intende, – proseguì con un leggero sorriso di autostima e allo stesso tempo di rimpianto per l'amica morta. – Lei sorrideva, ma poi tergiversava parlandomi del blocco dello scrittore... avevo intuito che aveva la passione della scrittura. Nei mesi successivi mi aveva anche parlato di un ragazzo, carino, che aveva conosciuto e di cui si era innamorata: aveva continuato a parlamene come se la cosa fosse seria, ma io non l'ho mai visto né conosciuto, non so chi sia.

Alle orecchie e agli occhi dell'ispettore la Campbell non si stava destreggiando poi così male, anche se i dubbi di Lane erano ancora molto forti. D'altronde aveva appena iniziato ad incontrare i possibili testimoni ed assassini, quindi rimaneva ancorato alla sua scorza radicalmente cinica e scettica. Inoltre i possibili moventi erano ancora basati su ragionamenti ed intenzioni, non ancora su prove tangibili ed evidenti.

– Ah sì, capisco. A proposito, quindi lei sa che Amy aveva vinto un premio letterario un anno fa, il Best Storyteller Award?

– Certo che lo so, – rispose Emily decisa.

– Le avevo suggerito io di partecipare a quel concorso! Sapevo che la casa editrice Cooper's & CO Dream Publishing lo stava organizzando, perché io ero stata... sì, ecco; per questo motivo insomma.

– Come faceva a saperlo? Di certo non perché è donna di cultura, – si insospettì Cyn Lane, agitando per aria la pratica della vittima e sbattendola sulla scrivania.

– Non credo che lei abbia l'abitudine di coricarsi a letto con un buon libro, La Cooper's & CO Dream Publishing? Sì, la conosco, soprattutto quel gran pezzo di signora che è la proprietaria: la professoressa Elisabeth Miller, sposata con Barrett Cooper e socia maggioritaria.

– Signora Campbell, perché è così ostinata a non raccontarmela tutta, eh? Immagino che il libro che lei continua a portarsi a letto si chiami Cooper, - Cyn conosceva molto bene le proprie capacità e punti di forza; utilizzava le doti di un attore di fama davanti alla telecamera di un film di successo: era scontato che ne uscisse vittorioso, sempre e comunque; si complimentava spesso da solo, il suo narcisismo intrinseco lo aiutva a concentrarsi per trovare le domande giuste. - Quell'uomo ha la fama di essere un libertino, lo sanno tutti!

La Campbell borbottò presa alla sprovvista, senza sapere come poter ribattere.

– Non si sforzi: il suo amico ha ora un nome, vero signora Emily Rose Campbell? E scommetto che lei era gelosa di Amy, del fascino travolgente e spontaneo che aveva sugli uomini e, in fondo, era gelosa che la sua amica avesse trovato l'amore, cosa che lei, signora Campbell, non riesce a trovare; eppure lei è giovane, ha ancora una vita davanti a sé, ma adesso che la guardo, capisco che ha saputo cucirsi addosso un abito attraente come il riverbero di una lucciola in volo verso il piacere infernale; capisco che lei brama ogni giorno quello che Amy aveva ottenuto, ma si ostina a indossare questa maschera, perché si è convinta di non sapere fare altro, – in questa sua manifestazione di saccenterìa professionale e personale, Dexter Cyn Lane aveva dato prova del meglio di sé; terminata la sua arringa, si rivolse ad Anthony, con fare più pacato nei modi ma ugualmente deciso:

– Anthony, per favore accompagna la signora all'uscita. E lei, signora Emily Rose Campbell, rimanga nei paraggi; se anche non fosse colpevole di questo omicidio, e non tema: questo lo scoprirò molto presto, sono certo che un altro motivo per rivederla accadrà prima che questa storia sia conclusa!

La signora Campbell raccolse in fretta tutte le sue cose dalla scrivania, cercando di non dimenticarsi nulla. Diede un occhio veloce, ma forzatamente attento a tutto, cercando di non destare sospetto, perché improvvisamente le sovvenne alla mente il ricordo del biglietto d'amore ricevuto dal suo caro amico che riportava sulla busta gli estremi dei due innamorati:

'*Per Emily,*
dal tuo Barrett'

Non lo vide, ma si consolò immediatamente, perché si ricordò di averlo inserito nella tasca interna della borsa, quella con la cerniera. Quindi uscì dal distretto di polizia e chiamò un taxi per farsi accompagnare al solito indirizzo.

Nell'attesa, digitò un numero di telefono presente nella sua rubrica sotto il gruppo 'amici'.

Dall'altra parte della strada, vide l'ispettore uscire in auto e scomparire nel traffico cittadino.

VI capitolo - Profumo di paura

– Barrett, sono Emily. Ho bisogno di parlarti. La polizia mi ha interrogata, la mia amica è stata ammazzata nel mio appartamento, sai... Amy, la ragazza che ti ho fatto conoscere dopo la serata di premiazione l'anno scorso!

Il tono della signora Campbell era impaurito e spaesato; con le mani tremolanti, sosteneva il cellulare a fatica.

– Emily, lo sai che sono in ufficio e c'è anche mia moglie! Dobbiamo sentirci dopo, ti devo lasciare, sta arrivando.

A Barrett non piaceva quando Emily era piagnucolante, anche perché aveva capito la metà delle parole che aveva detto: tra la linea disturbata e la voce a scatti si era perso il filo del discorso. E in quel momento non aveva assolutamente tempo da dedicarle. Tutti conoscevano come era fatto Barrett, soprattutto con le donne: affascinante e travolgente da un lato, distaccato e insofferente dall'altro. Due facce della stessa medaglia. Anche Emily ne era consapevole, ma non si sarebbe mai aspettata una tale risposta, proprio in quel preciso contesto.

– Ma... Barrett? Barrett? Pronto... pronto?

Emily continuò a chiamare, soffiandosi il naso insistentemente e tamponandosi il viso per l'inaspettata vampata di calore che le aveva fatto colare il trucco.
Barrett aveva chiuso la telefonata, senza neanche salutarla.
Il taxi era finalmente arrivato, Emily salì e scomparve tra le strette vie di Fiddle Town.
Nel frattempo, negli uffici della casa editrice Cooper's & CO Dream Publishing l'aria si era fatta pesante.

– Barrett, con chi eri al telefono? Provo ad indovinare: Kitty? Amy? Rose? Emily? Lo sai che non sono più disposta ad ascoltare le tue bugie! Non avere paura, divorzierò in silenzio e non te la farò pagare, – la voce della moglie di Barrett, la Professoressa Elisabeth Miller, era diventata sempre più pressante nei confronti del coniuge. – Inoltre... ho appena trovato un acquirente.

– Ma cosa stai dicendo, – esplose Barrett, a seguito delle parole inaspettate della moglie. – Quali donne? Acquirente di cosa, Elisabeth?

– Della mia quota della casa editrice; lo sai che

prima o poi lo farò.

Elisabeth rispose con tono composto, ma di sfida e si accendese una sigaretta.
Aveva da poco ricominciato a fumare e di questo Barrett rimase attònito. Quando avvertiva che una delle sue donne, ma soprattutto quella che aveva sposato, si stava allontanando da lui e prendendo le distanze con indipendenza e sagacia, diventava geloso e possessivo. Una faccia di quella medaglia che non riusciva a cancellare.

- Elisabeth, cosa stai dicendo? Non mi sembra il caso di farlo ora, stiamo avendo un successo strepitoso, la stampa e i caffè letterari parlano di noi e del nostro impegno oltre i confini nazionali. Inoltre la nostra attuale fortuna è quella di avere trovato uno scrittore originale e talentuoso come Mike Bennett e il suo nuovo romanzo. Sarebbe come andare incontro a un destino già segnato; e poi, io ti amo Elisabeth!

- Ma quale amore, Barrett? Ecco, appunto, - proseguì seria e avveduta Elisabeth. - Proprio di Mike ti volevo parlare.

-Aspetta, aspetta, stanno suonando alla porta, ma dov'è Amber? Non c'è nessuno che apra la porta? -

Barrett mugghiò, con un senso di vuoto e di smarrimento nello stomaco, perché non era riuscito a portare a termine il discorso con sua moglie. – Elisabeth, perfavore, non te ne andare. Parliamone a cena questa sera, prenoto all'Embassy Restaurant per le otto e mezzo. Sarò comunque a casa tra un'ora circa, ok?

Lo sguardo impaurito di Barrett si rivolse a Elisabeth che, con un accenno di spalle arguto e un semplice 'sì' come risposta, gli fece capire che, forse, non era ancora tutto finito.
Intanto il campanello aveva ripreso a suonare insistentemente, poco prima che Elisabeth lasciasse l'ufficio.

– Chi è? – chiese Barrett.

– ispettore Dexter Lane, Polizia di Fiddle Town, - rispose Lane con gli occhi rivolti a Elisabeth, appena la porta si aprì. – Se ne sta andando, signora Miller? Avrò bisogno di parlare anche con lei.

– Certo, ma un'altra volta. Mio marito, ancora per poco, le terrà compagnia. E' venuto per arrestarlo con l'accusa di sfruttamento della prostituzione? Magari! Arrivederci ispettore, tanto sa dove trovarmi: qualsiasi sia il motivo della sua venuta.

Elisabeth spense la sigaretta e s'affrettò a uscire. Le scappatelle del marito l'avevano cambiata, ferita nel profondo; erano diventate palesi e inaccettabili.

– Oltre a essere affascinante, anche un bel caratterino eh? Avrei voluto conoscerla più da vicino sua moglie, sa cosa intendo.

L'ispettore non riusciva ad abbandonare il suo copione preferito: quello del cinico indisponente e maschilista.

– Ispettore, perché qui? Purtroppo, me ne scuso, non ho tanto tempo a disposizione: devo correggere delle bozze.

– Per caso anche qualche bozza di Marta Garcia?

– Chi? – domandò serio Barrett.

– Marta Garcia; 21 anni, capelli cioccolato, carnagione olivastra, bella presenza, lavorava presso la B&B Models, l'agenzia che recluta modelle, sa... quel tipo di modelle.

– Non la conosco, non so chi sia. E poi, una modella! Io lavoro principalmente con scrittori e letterati. Mia moglie mi ha detto che sono arrivate delle bozze nuove da scrittori emergenti, non so, forse le sue bozze sono tra quelle.

- Magari la conosce come Amy Dawson, la ragazza sgozzata nel quartiere rosa, - aggiunse l'ispettore. - Radio e giornali ne stanno parlando incessantemente.

- Ah sì! Amy Dawson, morta? La conoscevo, cioè... l'avrò vista quattro o cinque volte durante i miei salotti letterari e le serate al convegno "Scrittore, leggimi forte!". Mi ricordo di averla conosciuta e averle fatto i complimenti per la prima volta, quando è stata premiata come vincitrice di uno dei nostri concorsi nazionali, qualche mese fa.

Barrett cercava di rimanere distaccato e professionale, d'altronde stava parlando di una materia che conosceva molto bene e a cui era molto legato.

- Glielo ricordo io; per la precisione un anno fa, al Best Storyteller Award, - affermò Lane, cambiando subito discorso e dando un'occhiata agli arredi dell'ufficio. - Signor Barrett, come va il lavoro qui alla casa editrice? Vedo che non mancano le locandine delle prossime serate di presentazione del romanzo di Bennett. Oltre che di Amy Dawson, i media parlano anche del suo successo. Non ho ancora avuto modo di leggere il suo romanzo 'Corde insanguinate'.

Il ritmo della conversazione dell'ispettore non lasciava alcun spazio di interazione a Barrett il quale, nell'ascoltarlo, si era spostato verso il salotto di accoglienza degli ospiti, continuando a fare cenno di sì con la testa nonostante i suoi pensieri fossero rimasti ancorati alle ultime parole della moglie. Lane proseguì, seguendolo:

– Le confesso che sono molto attratto dalla grafica della copertina, adoro i violini. So che si tratta di un romanzo giallo introspettivo e si dice anche semi autobiografico, che ha venduto migliaia di copie nel giro di pochi mesi. Se non erro, Bennett è un single dichiarato, sempre visto e fotografato con belle donne, ma mai fidanzato né sposato. Curiosa, la vita, un bell'uomo come lui; ora anche ricco.

– Sì ispettore, – rispose distrattamente Barrett perché impegnato a contare le bozze interessanti arrivate in studio che sua moglie aveva appoggiato sul tavolino del salotto. – Il romanzo tratta dell'omicidio di un violinista, sullo sfondo personaggi che intrecciano le loro storie davanti agli interrogatori dell'investigatore Eliott Kingsley, orfano di madre e abbandonato dal padre. Fondamentalmente trattasi della ricerca di un padre mai conosciuto, aspetto sociale che si intreccia al malessere interiore dei protagonisti della storia e all'omicidio del grande violinista Aaron Bentley. Le lascerei volentieri una copia, ma non ne ho più qui in studio.

– Interessante, anche solo per l'idea di immaginarmi corde insanguinate di violini d'epoca. Mi ha fatto venire voglia di leggere il romanzo. Ma lei, come ha scoperto il talento di Bennett?

– Guardi ispettore, Bennett ha un curriculum di tutto rispetto: laureato, scrittore di articoli di cultura sui quotidiani nazionali, direttore editoriale di varie riviste letterarie e, non per ultimo, scrittore di racconti di genere thriller ed horror. Questo il suo primo romanzo e già di grande successo. L'ho conosciuto come accaduto con tanti altri scrittori alle prime armi, al convegno, come è successo con Amy Dawson.

– Capisco, ma ritornando alla mia domanda, quella che volevo porle appena entrato: dove si trovava ieri sera?

– Ieri sera? Con mia moglie, abbiamo avuto una

serata... intensa.

Barrett non aveva saputo calcolare né la domanda né la risposta, lasciando quest'ultima sospesa a fraintendimenti che sicuramente l'ispettore avrebbe colto e per i quali sarebbero stati necessari ulteriori approfondimenti.

– È sicuro? – Lane, fissò Barrett negli occhi.

– Certamente! E con chi, altrimenti? – corresse il tiro Barrett.

– Qualcuno dice di averla vista in un bar con una signora, che non era sua moglie. Al Bar Splendor.

– Assolutamente no, impossibile, – negò d'istinto Barrett. – Mia moglie può testimoniarlo, glielo chieda, ispettore!

Barrett stava comunque dicendo la verità: fino al dopo cena era stato in compagnia di sua moglie, a litigare.

– Come no? Ma mi dica, – insistette Lane, che aveva appena posato lo sguardo sul suo cellulare in vibrazione per la ricezione di un paio di messaggi da Anthony. – Non le dice nulla il nome Emily Rose

Campbell?

– Oh Emily; non riesce mai a stare zitta!

Barrett rispose con un borbottìo, dando le spalle a Lane, pensando erroneamente di non essere udito dall'ispettore: per certe cose Barrett non era arguto, né tantomeno furbo, soprattutto quando si parlava di donne, che lo accendevano e spegnevano a loro piacimento, sia emotivamente che caratterialmente.

– Ho sentito bene Barrett, accendiamo il bottone allora? Le posso comunque dire che sua moglie ha confermato di essere stata con lei per la prima parte della serata, poi avete litigato e lei, Barrett, se ne è andato. Elisabeth ha appena effettuato la sua deposizione in Centrale, il mio collega mi ha avvisato, – rivelò l'ispettore, continuando nei suoi discorsi. – A dire la verità è stato un certo Brian Wilson, il ragazzo di Amy, a riconoscerla, d'altronde lei non è proprio uno sconosciuto agli occhi dei cittadini. Non avete neanche avuto l'accortezza di mascherarvi per l'occasione: una persona distinta come lei e una prorompente come Emily, si farebbero notare anche nella più completa confusione dei festeggiamenti di Halloween. Brian, proprio lui, il barman di turno che quella sera l'ha vista entrare con una ragazza dai capelli rossi e il

seno prosperoso, Emily Rose
Campbell. Amy Dawson è stata trovata
nell'appartamento dove abita Emily. È ancora sicuro?
Forza, mi dica; da come sua moglie l'ha lasciata
stasera, intuisco che lei, signor Barrett, abbia
l'abitudine di cercare il piacere fuori casa.

Lane stava continuando a vomitare tutto quello che
gli passava per la testa: forse lo faceva per
confermare la logica del discorso a se stesso, forse
per mantenere il filo dei suoi pensieri razionalmente
perfetto ed attivo, forse semplicemente per le sue
manie di grandezza, o forse per schiacciare senza
alcuno scrupolo le persone che interrogava,
colpevoli o meno. Comunque il gioco stava
funzionando, perché Barrett si era completamente
ammutolito.

– Aveva anche forse tentato di avvicinare Amy, di
conquistarla, di possederla come ha fatto con Emily?
E quest'ultima, gelosa, ha fatto fuori la sua amica?
Oppure lei, magari respinto dalla vittima e in preda
al desiderio di possederla... l'ha uccisa?

Lane con tono inquisitore abbordò Barrett, col
preciso intento di denigrarlo e colpevolizzarlo.

– Ma cosa sta dicendo? E quale gelosia? Pure

fantasie! Io non ho mai avuto una relazione con Amy, – strepitò Barrett, accusando malissimo l'interrogatorio dell'ispettore. – Certo, era una ragazza molto bella, ma il mio interesse era proiettato esclusivamente verso le sue qualità da scrittrice promettente. Le volte che ci siamo visti, come le dicevo, mi aveva lasciato e sottoposto qualche bozza inedita. Aveva chiesto il mio consiglio e io glielo avevo dato: di continuare a scrivere e di propormi qualcosa di veramente unico, originale. All'ultimo caffè letterario, la scorsa settimana, lei mi aveva fatto capire che si sentiva pronta e che nel cassetto teneva quello che lei considerava il suo asso nella manica. Da quella volta non ho più saputo nulla.

Queste parole avevano temporaneamente placato l'esuberanza di Lane, ma lasciò continuare Barrett.

– Lo so, Emily è sempre stata gelosa di tutte le donne che mi ronzano intorno, compresa mia moglie, ma non ha il coraggio di ammazzare neanche una mosca, si figuri di sgozzare un'amica!

Barrett concluse con tono deciso, prendendo dal tavolino le copie delle bozze e ritornando nel suo ufficio, per fare capire all'ispettore che il tempo a disposizione, nonché la propria energia, erano terminati.

– Signor Barrett, non si scomodi, ho capito. Domani l'aspetto al distretto di polizia. Dovremo formalizzare la sua deposizione. La saluto, buona serata.

L'ispettore si diresse verso la porta, rileggendo sul cellulare il secondo messaggio di Anthony, che lo aveva per un po' distratto dall'interrogatorio.

– Ispettore, buona serata a lei.

Barrett lo congedò senza impegnarsi più di tanto nei saluti: si doveva preparare, aveva promesso a sua moglie di cenare insieme, soprattutto per convincerla a non agire nei suoi progetti, quelli che riguardavano il suo futuro di editore in pieno splendore economico e di conoscenze in ambito letterario. Non voleva che nessuno distruggesse il percorso che aveva tanto desiderato e che, ora, sembrava avverarsi su tutti i fronti.

VII capitolo - Nota di vapore alcolico

La mattina seguente al 31° Distretto c'era un'aria strana, palpabile, di confusione: poliziotti che andavano e venivano scortando degli sconosciuti, donne sedute di fronte al poliziotto di turno per le deposizioni di una violenza subìta in famiglia, ragazzi poco più che maggiorenni ammanettati a seguito di una rapina in un supermercato.
Anthony aveva preso un giorno di ferie, come confermato nel messaggio spedito all'ispettore.
Lane si era appartato nel suo ufficio, abbassando le tapparelle delle vetrate che lo separavano dagli altri uffici architettati come un ampio open space pieno di paratie e scrittoi. Lo fece per non essere interrotto nelle sue analisi e ricerche sul delitto Marta Garcia. E poi Anthony non c'era, quindi neanche le tazze di caffè l'avrebbero disturbato. Inoltre quella mattina aveva un ospite, stranamente gradito, un suo conoscente da anni: Carlyle Evans, il suo taxista preferito.

– Carlyle, è da quando ti conosco che hai quel portachiavi. Non te ne priveresti per nessun tesoro al mondo, ormai lo so molto bene.

– Ispettore, ogni tanto mi piace rivederla, non sembrerebbe, ma è così. Perché mi ha fatto venire al distretto? Come vede, sono in servizio, non posso assentarmi per più di mezz'ora.

La sera precedente, Carlyle aveva ricevuto la chiamata di Anthony, su richiesta di Lane, di presentarsi al Distretto per una chiacchierata col capo.
Carlyle non aveva esitato a rispondere positivamente alla richiesta d'incontro, nonostante l'avesse per un certo verso fatto preoccupare.

– Carlyle, ti ho chiamato per dirti che ho trovato il tuo portachiavi sulla scena di un delitto. Più precisamente, una parte del tuo portachiavi: l'anella a forma di quadrifoglio. Dov'eri due sere fa?

Con Carlyle, Lane non si era mai permesso di utilizzare i suoi soliti toni; forse questo dava spazio a un barlume di speranza che, dopo tutto, Lane fosse umanamente sensibile.

– Due sere fa? In servizio. Poi ricordo di essermi trovato con Porthos.

I pensieri di Carlyle stavano ancora vagando nel dedalo di ricordi parzialmente ammutoliti e scomposti; era sincero nei momenti in cui l'alcol terminava il suo effetto abrasivo.

– Dove? – domandò Lane incuriosito.

– Allo Splendor.

– Nient'altro da dirmi? Ti sei ubriacato ancora? Lo sai, ti avevo già dato il nominativo a cui rivolgerti per iniziare gli incontri con Alcolisti Anonimi: la signora Amabel Dwight.

Lane non smetteva mai di ricordarglielo: Carlyle era giovane, poteva avere l'età di un figlio; non avrebbe mai permesso che Carlyle si abbandonasse al vizio corrosivo, compreso nel fegato, che gli avrebbe raschiato il fondo seviziando il suo presente.

– Sì, sì; lo tengo sul mio comodino, – rispose Carlyle, tergiversando. – Prima o poi la contatterò.

– Come ti va Carlyle?

Lane si stava preoccupando, non aveva mai dato segni di interessamento in questa maniera; aveva iniziato ad arrotolare la sigaretta avanti e indietro senza venirne a capo, la sua pelle trasudava apprensione.

– A dire la verità non lo so, mi sono alzato stamattina con un senso di vuoto alla testa e di paura allo stesso tempo. Ho acceso la radio e mi sono sintonizzato sul Canale 8, come faccio sempre. Da lì la notizia del momento: la morte di una ragazza nel quartiere rosa, non mi ricordo il nome...

– Marta Garcia.

– Sì, credo sia lei; ma la cosa che m'inquieta da stamattina, è l'idea di essermi alzato con un déjà-vu. Alle parole della giornalista radiofonica nella descrizione del corpo assassinato, è come se la scena si fosse palesata ai miei occhi, dentro nel mio petto; già da un po', – si lasciò andare Carlyle. – Ispettore, io credo di essermi trovato sulla scena del delitto. Ora lei mi sta dicendo che il mio portachiavi era là!

Confuso e trepidante, Carlyle si sedette in preda a una strana sensazione di inquietudine, cercando di comprimere la sua insicurezza in fondo ai suoi pensieri ora labirintici e tormentati.

– L'anella del tuo portachiavi è stata trovata vicino all'ingresso dell'appartamento dove è stato rinvenuto il corpo. Impediva la chiusura della porta di casa, qualcuno deve avere cercato di chiuderla, perché ci sono segni evidenti sul pavimento. Infatti la porta è stata trovata aperta. Inoltre abbiamo rilevato le registrazioni dell'unica telecamera attiva, posta tra la Daisy Avenue e la Pearl Street, dove abbiamo visto la prima volta Marta che usciva dal tuo taxi. Oltre alla borsetta, lei teneva nell'altra mano una borsa porta documenti in pelle, dalla quale usciva una specie di blocco per appunti, un quaderno forse, con la copertina gialla. Poi ti sei allontanato.

Lane aveva continuato a parlare perché si era accorto del silenzio confuso di Carlyle, per questo non voleva infierire, bensì cercare di riesumare i suoi vaghi ricordi ora assopiti.

– Dopo una mezz'ora circa sei ritornato lì, sei sceso dall'automobile, hai lasciato aperta la portiera del taxi e sei corso verso l'ingresso. La telecamera non arriva a riprendere fin sotto il portone e le registrazioni sono di pessima qualità. Ti ricordi? Poi le immagini del tuo taxi che si allontanava ad alta velocità. Il tutto tra le 22.30 e le 23.

Lane attese che Carlyle si liberasse dal torpore impregnato nei suoi organi, causa della sua incapacità d'investire sulle incognite del presente. Carlyle si mortificava spesso, il viso lasciava trapelare l'intrico gravato di viscere e mente. La sua pelle era come tela astratta, inodore, incolore.

– Ecco... ricordo, – si riprese Carlyle, rimasto fino a quel momento in una dimensione simile al dormiveglia. – Ero in servizio, avevo accompagnato la ragazza fin sotto casa. Avevo poi ricevuto la chiamata dalla centrale per un altro servizio, mi sono diretto verso l'indirizzo richiesto e, proprio quando stavo per terminare il mio turno, mi sono accorto dallo specchietto retrovisore di una borsa appoggiata sui sedili dietro. Ispettore, adesso che mi ci fa pensare, ricordo che lei ne aveva due di quei quaderni, sì! Li ricordo bene, perché uno lo teneva in mano e, durante il tragitto, la ragazza lo aveva sfogliato intensamente, mentre l'altro l'aveva tenuto ben custodito dentro alla borsa; quindi, quando l'ho visto dietro ai sedili, ho deciso di ritornare indietro e di riportarglielo.

Anche Carlyle, come Lane, era solito fare dei discorsi lunghi, senza interruzione: la sua più grande paura era quella del vuoto improvviso, che spesso interrompeva le sue parole e i suoi pensieri.

– Infatti, – disse Lane, ragionando sulle ultime informazioni ricevute. – Dalla registrazione risulta che tu sei uscito dal taxi con una sola copia.

– Beh, sono salito in appartamento, ricordo; non sapevo come comportarmi e a quale campanello

139

suonare, non sapevo nemmeno il suo nome; per fortuna ho trovato il portone aperto, credo che sia stato il mio istinto a guidarmi e poi... bam!

All'improvviso mi sono ritrovato davanti a quella porta aperta; mi sono fermato, ma la curiosità era talmente esasperata che entrai. C'era buio, fui attratto da una luce rossastra e... bam di nuovo! Un'immagine macabra davanti ai miei occhi: lei per terra, piena di sangue... sono corso giù dalle scale e ricordo ora di essere scappato facendo cadere i fogli non so dove, senza nemmeno preoccuparmi se qualcuno mi avesse visto.
Carlyle aveva riacceso le sue emozioni: i territori incontaminati della sua mente.

– Sì, Carlyle, abbiamo trovato il quaderno sul luogo del delitto con le tue impronte, una bozza di una storia.

– Da lì i ricordi vanno a scatti. Vedo Porthos davanti ai miei occhi e lo sento sotto il mio naso.

Una scia di odore indugiò tra le narici di Carlyle, un vago ricordo nacque spontaneo.

– Sei andato a bere allo Splendor, – gli confermò Lane. – Hai passato la serata là.

– Ah... ricordo che a sera inoltrata ho chiesto l'ora al ragazzo del bancone: un tipo un po' strano, ha risposto male a Porthos.

Quando si trattava di Porthos, Carlyle provava una sorta di protezione, di fedele attaccamento a una persona innocua ma problematica che veniva spesso rifiutata per l'aspetto e l'odore che emanava, o semplicemente perché la gente aveva paura dell'ignoto.

– Sì, esatto: Brian, il barista. Ma, dimmi, sai se Brian è sempre rimasto dentro a servire i clienti?

– Credo di sì, ma all'inizio mi sembra di avere visto anche una bella biondina servire boccali di birra; ero ancora sobrio, per fortuna!

– Mh. Capito, – la materia grigia di Lane si era messa in moto un'altra volta. – Carlyle, fermati dal collega che oggi sostituisce Anthony; riferiscigli quello che hai detto a me, lui sa cosa fare; non ti allontanare troppo, rimani in zona, ok?

– Ispettore, lei lo sa che è il mio punto di riferimento, io la ammiro.

A Carlyle piaceva sostenere il suo ispettore: il suo

esempio di passione nel lavoro e di lealtà nei confronti degli amici, era così che l'aveva conosciuto, Carlyle aveva avuto questo onore e ne era pienamente consapevole.

– Carlyle, è arrivato il momento che tu rientri al lavoro, o ti daranno per disperso.

Carlyle uscì dall'ufficio di Lane, richiamando l'attenzione del poliziotto che avrebbe seguito la sua deposizione.
Poco dopo, Lane raggiunse l'altra stanza dove i suoi uomini avevano trattenuto Brian Wilson.

– Brian, – proruppe Lane, ora nei panni di Cyn. – Sputa fuori tutto! Non me la racconti giusta: ho fatto bene a trattenerti qui al distretto!

– Cosa c'è ispettore? Cosa...

– A un certo punto ti sei fatto sostituire dalla tua collega al bar e sei uscito, – Cyn era infuriato, per niente accomodante. – Non è, forse, vero?!

– Ma cosa dice? Certo che non è vero!

– Brian, – Cyn andò subito al dunque. – Hai ucciso Amy Dawson?

– No! No! È vero, quella sera avevo litigato con Amy, – ammise immediatamente Brian, fissando il pavimento. – Ero geloso e avevo voglia di vederla. Sono uscito dalla porta sul retro del bar, ho preso lo scooter e mi sono diretto verso la casa di Emily, mi aveva detto che sarebbe andata là; l'ho vista scendere da un taxi e l'ho avvicinata. Non so cosa mi sia preso, ma l'ho subito aggredita a parole: la gelosia mi aveva completamente accecato! Ma non l'ho toccata neanche con un dito!

Brian, si asciugò le mani nervosamente sudate sui jeans, mentre Cyn cercava di cogliere un qualsiasi particolare della sua voce e dello sguardo, da cui potesse trapelare un indizio in più sulla veridicità delle parole del ragazzo.

– Nel gesto di abbracciarla, lei mi ha allontanato di scatto e le sono caduti dei fogli; all'improvviso è passato un furgoncino all'impazzata che ci ha evitato per un pelo: noi abbiamo avuto la prontezza di spostarci, ma il suo passaggio ha fatto spargere i fogli su tutto il marciapiede bagnato; ormai i fogli erano illeggibili.

– Quindi, Brian? Continua, cos'è successo dopo?

Cyn non riusciva a inquadrare Brian: era un ragazzo

semplice, o proprio ingenuo?

Colpevole di essersi innamorato nel momento sbagliato e della persona sbagliata, o colpevole di un omicidio efferato?

"La semplicità viene dal cuore, l'ingenuità dalla mente. Un uomo semplice è quasi sempre un uomo buono; un uomo ingenuo può essere un farabutto". Queste erano le domande e le parole che sopraggiunsero fortuite alla mente di Cyn, che la sera prima si era, per la prima volta nella sua vita, prodigato nella lettura di Chateaubriand; perfino dalle parole del letterato fondatore del Romanticismo francese, di certo non tra i fondamenti della vita di Cyn, egli era riuscito a trarre un pensiero che lo fece riflettere profondamente.

– Amy si era arrabbiata e, una volta raccolti tutti i fogli, immagino una bozza di qualcosa che ha scritto, li ha gettati d'istinto dentro al cassettone dell'immondizia. Glielo giuro ispettore: ci siamo lasciati così, senza più dirci nulla; sono rientrato al bar, giusto il tempo di arrivare poco prima delle 23 e, fino all'orario di chiusura, ho provato a chiamarla ripetutamente sul cellulare per farmi perdonare, ma non mi ha mai risposto. Ero in ansia, non mi sarei mai perdonato se le fosse successo qualcosa... e poi, la notizia!

Brian terminò ansante, con il volto visivamente sofferente e arrossato.

– Brian, abbiamo trovato il cellulare di Amy in un tombino del quartiere. Lo stavamo cercando, non si trovava neanche in appartamento. Pensavamo in un primo momento che l'assassino lo avesse fatto sparire, invece Amy l'avrà perso durante la vostra litigata in strada, immagino, deve esserle caduto dalla borsa. Comunque, dalle registrazioni telefoniche, ci sono vari scambi con lei e con la signora Campbell, ma non di recente, ci sono anche altri numeri che dobbiamo ancora controllare. Brian, per oggi è sufficiente; rimani in zona. Sappi che ti tengo d'occhio.

Brian fu scortato verso l'uscita.
L'atmosfera di babele della mattina, al Distretto si era gradatamente risolta nel pomeriggio; succedeva spesso: alla mattina non c'era limite al peggio, come se tutte le anime si risvegliassero dalla penombra del sottobosco e dal silenzio irripetibile della sera prima. L'ispettore diede degli ulteriori compiti ai suoi uomini e si ritirò nel proprio ufficio, con la scrivania sommersa da pratiche e fotografie, preparandosi, per la prima volta, il caffè da solo.

VIII capitolo - Profumo di violini e chicchi di caffè

Fiddle Town era una cittadina silenziosa e colorata nelle sue distese di campi fioriti della periferia, ma il centro con le sue strade trafficate e il lievitare della gente nelle ore di punta sembrava subire svariate metamorfosi originate da sogni agitati e dirottati verso gli angoli più oscuri della città. Da un lato, inseguimenti e fughe, distrazioni di creature variopinte appoggiate ai pali della sera, mani leste nel derubare i sogni di una vita, silenzi minacciosi, ombre e sospiri inaffidabili alle spalle di commesse di rientro a casa, maschere
bugiarde e graffianti come compagne di turno.
Dall'altro lato, la vita a Fiddle Town era fresca e viscerale, sognante, un'immagine alla Kandinskij dove si fondavano insieme visione e suono, pittura e musica, dove arte e spiritualità s'intrecciavano raggiungendo l'anima più profonda, un'armonia trascendente.
Forse era anche per questo che Lane era un connubio di stranezze caratteriali, o per meglio dire, una combinazione di sfaccettature cittadine inattese, fatte proprie, vissute, un cuore statico e indurito da un lato e, a fasi alterne, un viaggiatore alla ricerca della porta aperta verso tempi migliori dall'altro. Appena arrivato in ufficio, Lane scorse Carlyle in fondo al corridoio dell'ingresso del distretto:

– Carlyle, cosa ci fai qui? Non mi aspettavo di vederti e, soprattutto, così presto.

– Niente, ispettore, ho pensato di farmi passare il mal di testa seduto in un posto al sicuro, – rispose Carlyle, che aveva bisogno di un supporto morale a seguito dell'ennesima serata passata tra vapori alcolici e chiacchiere da bar. – Ho chiesto a Anthony se potevo aspettare qui.

– Carlyle, non puoi continuare così e poi, una di queste volte, ti lasceranno a casa dal lavoro!

Lane poteva avere tanti difetti, ma non certamente quello dell'alcol: aveva perso un fratello, proprio a causa di quella bestia che attraeva le sue vittime nella sua tana, presentandosi come un liquido limpido, volatile, incolore, di odore etereo, ma dal sapore pungente, esplosivo... mortale.

– Lo so, lo so.

– Ah, Carlyle, a proposito: mi sta venendo in mente una cosa inerente all'omicidio del quartiere rosa. Quella sera, dove hai prelevato Marta Garcia?

– Aspetti, sì... al quartiere della Fiera, al Salone del Libro, dopo il convegno; l'ho prelevata là, si è fatta

147

trovare al padiglione ovest, quello che porta alla Sala Congressi; in questi giorni ho molti servizi da quelle parti, sa, il Salone è aperto dalle dieci del mattino fino alle undici di sera e c'è un traffico di gente smisurato. Pensi che ho anche conosciuto lo scrittore, quello delle cose insanguinate. Lo conosce senz'altro, ormai ne parlano tutti!

Carlyle avvertì un senso di appagamento nell'avere aiutato l'ispettore nelle sue ricerche: lo fece sentire utile, sensazione a lui sconosciuta negli ultimi mesi.

– Ah, intendi "corde": 'Corde Insanguinate'... – puntualizzò Lane.

La conversazione era stata interrotta da Anthony e dal collega poliziotto, Andrew, che avevano attirato l'attenzione dell'ispettore facendogli capire che sarebbero usciti per una colazione veloce.
Spesso Lane si univa a loro, come quella volta.
Carlyle si congedò e i tre si diressero con l'auto verso il solito bar, che distava un paio di chilometri dalla Centrale.
Il bar era affollato, l'eco delle voci degli ospiti rimbalzava sui muri lasciando stampigliati discorsi scanzonati,
sommersi e complici.
I tre si sedettero al bancone, ordinando i caffè.

- Allora, come va Anthony? Com'è andata ieri? Te lo chiedo perché in tua assenza ho dovuto prepararmi i caffè da solo. Lane manteneva il suo tono cinico, ma con un pizzico d'ironia.

- Ah, beh, capisco, è dura senza i miei caffè, vero Andrew? - Anthony si rivolse all'amico, sorridendo, poi riprese. - Direi bene, comunque: ieri ho fatto dei giri e anche chiarito alcune cose con il mio psichiatra; dice che sto facendo progressi.

- E la questione di tua mamma, l'hai chiarita?

Lane voleva andare a fondo, anche se si aspettava che Anthony sarebbe stato reticente su questo punto. Infatti quest'ultimo aveva iniziato a spostare da un punto all'altro del bancone le bustine di zucchero e il menù con un gesto convulso, contratto.

- Beh... sì, come dire, anche la sua morte un paio di anni fa ha decisamente influito sul mio umore. Comunque, dato che abbiamo le scrivanie piene di casi in corso, vorrei soprattutto parlare di questi, - s'irrigidì Anthony, che sorseggiò il caffè quasi con disgusto. - Preferirei evitare di parlare troppo della mia vita privata.

– Capo, – intervenne in aiuto Andrew. – Bisogna rientrare in ufficio, ora.

– Certo, ragazzi. Vi dico anche che io oggi non voglio essere disturbato per nessun motivo, capito? Solo per il tuo caffè Anthony!

Lane non smetteva mai di affondare il coltello nella piaga, ma Anthony cercava di non cadere nella sua trappola.

Rientrati al Distretto, la mattina si presentava stranamente tranquilla, come per agevolare le indagini in corso. Era la magia incontrollata delle caratteristiche di Fiddle Town, a volte in letargo, a volte inaffidabile e appesantita da malfattori di ogni calibro.

I giorni alla Centrale si alternavano con la stessa regolarità. L'ispettore era sempre alla ricerca di ammazzare il tempo con le sue indagini in angosciosa attesa di chiudere i casi il prima possibile per redimere le povere vittime e riportare gli amabili resti ai loro parenti, ma spesso era il tempo che lo ammazzava, lo distoglieva dal sapore della vita, quella fuori dal Distretto, della periferia colorata dove la sua dimora solitaria lo aspettava ogni sera.

– Anthony, finisci quello che devi fare e poi chiudi

l'ufficio tu. Io vado a casa, prendo con me entrambi i fascicoli, 'Artistic Blade' e 'Marta Garcia'. Voglio analizzare nuovamente tutto, riprendere i referti del medico legale, inoltre è passato qualche anno dall'ultimo efferato omicidio del serial killer e vorrei rimettere a confronto tutti gli indizi e le inchieste. Tutto.

– Non c'è problema, me ne occupo volentieri, – rispose con tono pacato Anthony, che aveva colto nel tono di voce del capo una sorta di richiesta di ritorno alla vita privata, di casa, dal sapore antico. – Stasera, comunque, non farò tardi neppure io.

IX capitolo - Profumo di successo

Quella sera Lane aveva sparpagliato ogni indizio di entrambe le pratiche sul pavimento di casa. Accoccolato in un angolo, il suo cane lo fissava in ogni suo movimento, con occhi languidi e attenti. Nonostante le immagini fossero raccapriccianti e psicologicamente invasive, Lane vagava con la mente da un pensiero all'altro. Le chiacchierate con i primi testimoni dell'ultimo caso lo avevano disturbato perché, nonostante il tempo a ciò dedicato, non avevano ancora portato a una chiave di svolta. Emily Rose Campbell, Barrett Cooper, Elisabeth Miller, Brian Wilson, erano tutti possibili assassini o comunque fautori del destino della povera vittima Marta Garcia alias Amy Dawson. Tra una divagazione e l'altra, i suoi occhi si posero sul romanzo "Corde insanguinate" che era riuscito a trovare in una libreria di periferia. Quella sera lo lesse tutto d'un fiato, lasciando da parte foto di coltelli insanguinati e occhi vitrei. Si ricordò che in quei giorni la Fiera del Libro stava attirando a sé molti letterati e appassionati. Improvvisamente si chiese come l'autore del romanzo, Mike Bennett, avesse trascorso quella fatidica sera, quella dell'omicidio di Marta Garcia. Prese il cellulare e digitò il numero del suo contatto alla Fiera per chiedere i dettagli dell'organizzazione e degli orari del convegno in quei giorni. Li memorizzò tutti, era da anni che non usava più il suo taccuino per gli appunti.

Quella fatidica sera, Mike Bennett fu occupato nell'intervista del secolo.

Giornalista, direttore responsabile di riviste, scrittore, autore, vincitore di premi letterari e ospite presente in tutti i programmi radiofonici e televisivi pomeridiani, in quale veste si sente di più sé stesso?

Cerco di non tradirmi mai, qualsiasi cosa faccia. Sono cresciuto con la passione per la parola scritta. Accanito lettore da quando ero piccolo e scrittore in erba a 11 anni con un racconto fantasy che s'intitola "Principesse misteriose".

Diciamo che questa è attualmente la mia vocazione letteraria, la mia vera e grande passione: scrivere. Tutto il resto viene da sé, è importante affinché io possa continuare a migliorarmi e a sfidare nuove emozioni e confrontarmi con ambienti che, diciamocelo, sono affini.

Dal suo esordio ad oggi i racconti gialli sembrano rappresentare per lei un soggetto decisamente preferenziale, i motivi di questa scelta?

Non ho mai avuto una vera passione per i racconti gialli fino a quando non ho avuto l'idea di scrivere "Omicidi al femminile": il racconto di omicidi commessi dalle donne. Come sa, la maggior parte degli studiosi del fenomeno e dei criminologi erano e sono uomini ed è sempre stato difficile per loro ammettere l'esistenza del crimine femminile. E' come parlare di un'aberrazione: la donna è colei che dà la vita non l'essere che la toglie. Ho iniziato ad avere incontri con studiosi, psicologi, medici legali, con vittime e carnefici, diciamo così, per potermi immergere nel mondo della cronaca nera, facendo a mia volta ricerche e leggendo bibliografie che trattassero il fenomeno. Si diventa come degli esperti di serial killer, omicidi passionali, delitti rimasti non processati.

Il romanzo si dipinge di fatti reali, non sai più dove finisce l'invenzione e dove inizia la realtà.

Ma nel suo ultimo libro, un romanzo giallo, si parla dell'omicidio di un grande violinista realmente esistito e il mondo palesato sembra essere prettamente maschile, sia nelle descrizioni, che nelle emozioni e nella trama. Si tratta di una svolta decisiva nella scelta del soggetto?

Beh, non vorrei parlare di una svolta. La mia intenzione è stata quella di trattare anche l'altro lato della medaglia. Nel mio romanzo, "Corde insanguinate", le donne sono praticamente assenti, in tutti i sensi.

Come sapete il mio romanzo tratta dell'omicidio del grande violinista Bentley; sullo sfondo, personaggi romanzati intrecciano le loro storie davanti agli interrogatori dell'investigatore Eliott Kingsley, orfano di madre e abbandonato dal padre. Sin dalle prime pagine il lettore avverte il senso accentuato di Kingsley di ricerca di

un padre mai conosciuto, aspetto sociale che si interseca al malessere interiore dei personaggi della storia, che sfocia nell'omicidio del grande violinista Aaron Bentley. Come dite voi, è un gran giallo introspettivo con un finale a sorpresa!

Anche autobiografico?

Si riferisce al fatto che anche io non ho mai conosciuto mio padre? Se la vede così, le rispondo di sì. D'altronde le migliori trame credibili di scrittori di fama nascono da quello che essi stessi conoscono di più in assoluto: la propria vita ed il proprio contesto familiare e sociale. Ma... ritornando alla precedente domanda del giornalista che siede alle sue spalle, mi piace sottolineare che si tratta di un delitto introspettivo. Chi uccide ama sempre la sua vittima, la ama anche mentre la uccide. E' un delitto dove

l'amore nasce puro e poi si trasforma nella sua aberrazione assoluta: diventa malato, posseduto, ossessivo, egoistico. E' l'oggetto del bisogno che viene ucciso e non il soggetto dell'amore.
L'intreccio delle storie dei sei personaggi rende il soggetto ancora più giallo, con sfumature quasi horror. E ora, se me lo permettete, vi devo lasciare, il dovere, o meglio, il successo mi chiama!

Un'ultima domanda Bennett...

Sono spiacente, ma ho un aereo che mi sta aspettando. Ringrazio tutti i presenti e tutti coloro che mi stanno seguendo in questo mio percorso. Devo dire che anche voi giornalisti state facendo bene il vostro lavoro. Grazie! Buona serata a tutti!

***

Al termine dell'intervista, la gente si stava accalcando verso l'uscita della sala convegni. Da lontano, in mezzo alla folla stipata e confusionaria, un braccio femminile ingioiellato sventolava da una parte all'altra per attirare l'attenzione del sig. Bennett.

– Mike, sono qui!

- Elisabeth! Grazie per avermi raggiunto qui al Salone, ma anche stasera vado di fretta, sai, l'incontro a Londra con il mio avvocato.

Mike non voleva trattenersi più di tanto, aveva mille pensieri in testa, quello dell'affare con Elisabeth era uno dei tanti in quel momento.

- Sì, appunto, volevo accertarmi che tu chiarissi tutti gli aspetti con lui. Tieni, ti lascio il biglietto da visita dei legali e degli avvocati che mi seguono per questo affare. Ne voglio parlare a cena con Barrett, gli voglio fare capire le mie intenzioni per le sorti della casa editrice. Mi sono stancata delle sue scappatelle!

- Ancora?

Mike continuò ad ascoltare Elisabeth, ma fece cenno al suo amico Paul di tenersi pronto per uscire.

- Sì, ancora! Finché ero innamorata l'ho perdonato, ma ora...

Elisabeth era sempre stata radiosa, seducente a parole e a gesti, promettente nel risolvere le incognite della vita, la sua bellezza esteriore e interiore catturavano spesso gli sguardi intimoriti degli uomini.

Erano questi gli elementi che avevano fatto innamorare Barrett, ma i suoi tradimenti l'avevano disabituata, inasprita psicologicamente. Era per questo che si lasciava andare con Mike, mostrando il suo lato più debole.

– Certo...sì, ne ero ben consapevole, – continuò distrattamente Mike. – Voglio dire: la gente, se osserva, si accorge di queste cose.

– Eh! Proprio così. Comunque, lasciamo perdere. Ora anche io devo andare, montagne di bozze di possibili autori di fama come te mi stanno aspettando, eventualmente fatti sentire per telefono, ok? Ma quando rientri?

Elisabeth voleva programmare i suoi pensieri e le sue decisioni per tempo.

– Sarò di rientro nel giro di tre o quattro giorni, - confermò Mike. – Al massimo.

– Chiamami se avrete bisogno di dettagli, ok?

– Certamente, non mancherò di farlo. Ciao Elisabeth, a presto!

- Ciao! Buon viaggio!

Mentre i due si salutarono, Paul si avvicinò a Mike.

- Vieni Paul, aiutami a portare questa borsa. Ah, a causa di un evento speciale a Londra, nell'hotel non c'erano più stanze singole a disposizione, ho prenotato un'unica camera per noi due, spero non ti dispiaccia!

- No, Mike, lo sai, così ti starò più vicino, - disse con scherno Paul, che lo aveva conosciuto da qualche mese; poi s'affrettò ad aggiungere - Dai che scherzo!

- Perfetto, allora. Paul, prendi la tua macchina, ci vediamo direttamente in aeroporto. Quando rientreremo ho un impegno programmato, non avrò tempo di riaccompagnarti a casa, dovrò scappare subito dal giornalista che mi ha chiamato ieri per l'intervista.

- Ok Mike, nessun problema. Ci vediamo là, a dopo.

Paul salutò Bennett e uscì dal lato opposto, dirigendosi al parcheggio.

X capitolo - Profumo di vita passata

Lane si era alzato più stanco del solito, i casi che stava seguendo e la lettura del romanzo di Bennett lo avevano tenuto sveglio fino a notte tarda, praticamente aveva dormito solo un'ora prima di doversi preparare per andare in ufficio. Improvvisamente il suo cellulare squillò, lesse il numero, era quello inaspettato di Carlyle. Quella telefonata lo aveva preoccupato, stava pensando al peggio.

– Pronto, Dexter? Porthos è morto! Vieni qui, non so cosa fare!

La voce di Carlyle proruppe con un tono talmente alto da obbligare Lane a scostare il cellulare dall'orecchio.

– Cos'hai detto? Porthos è morto? Come? Qui dove, Carlyle? – insistette Lane con una sequenza di domande tutte d'un fiato.

– Sì è morto! Qui, vicino al Wine Store, la tana di Porthos!

La voce di Carlyle si era trasformata in un pianto acuto.

– Tra dieci minuti sono lì, aspettami, non muoverti!

Lane si preparò di corsa, indossò l'uniforme e si diresse verso l'indirizzo a lui noto.

**

– Carlyle!

– Lane! Sei qui, meno male. Non ce la facevo più ad aspettare da solo. Poi, si sta accalcando un po' troppa gente, mandala via per favore.

– Perché? – chiese Lane, quasi insospettito. – Non ho intenzione di fare subire a Porthos delle umiliazioni anche da morto. La gente non capisce!

– Tranquillo Carlyle, calmati. Cosa hai tra le mani?

– Un paio di foto in bianco e nero che ho appena trovato. Mai viste prima.

Nell'attesa dell'arrivo di Lane, Carlyle aveva cercato di coprire il corpo di Porthos e, nello spostarlo, aveva reperito le foto in questione.

– Una bottega di un liutaio: ci sono dei violini, c'è un uomo di schiena seduto, nell'altra foto sembrerebbe

Porthos da giovane, gli assomiglia, con in braccio un bambino appena nato e una ragazza. Guarda, si legge una scritta dietro alle loro spalle, 'Psychiatric Hospital', ma non si capisce dove. C'è anche una data sul retro: 'Settembre 1969'.

Lane osservò bene la fotografia e lesse ogni indicazione, incuriosito da quei particolari.

– Sì! Una volta Porthos mi aveva accennato di essere stato in una specie d'istituto psichiatrico californiano. Poi il liuto, cioè, i violini. Ha detto qualcosa l'altra sera allo Splendor, sui suoi violini Carlyle parlò rapidamente, in un sol fiato, poi si asciugò il volto dalle lacrime che in quel momento avevano il sapore di un possibile destino in comune.

– Carlyle, me ne occupo io con i miei ragazzi di organizzare la sepoltura, non ti preoccupare. Al momento prendo io sia le foto e... cos'altro hai in mano?

– Ecco, anche questi fogli erano sotto il suo cartone con il quale, presumo, ha tentato di ripararsi dal freddo. Sono sporchi, ma in alcune parti si legge una specie di storia... un racconto, forse.

- Fammi vedere, prendo anche questi fogli, lasciameli.

- Ok Lane, ma promettimi che ti occuperai di lui!

- Promesso. Ora torna a casa, Carlyle. Vai a riposarti.

Lane chiamò subito la sua pattuglia, mentre Carlyle si allontanò con il suo taxi.
Dopo avere rovistato più attentamente nella tana di Porthos, Lane prese il cellulare per chiamare una sua vecchia amica:

- Amabel, Amabel Dwight, sono io Dexter. Come stai? Ti ricordi di Porthos? Mi servirebbe un favore.

- Ciao Dexter, è un po' che non ti fai sentire. Io sto bene, sempre indaffarata, come sai il nostro lavoro qui all'Alcolisti Anonimi, purtroppo, trova sempre degli adepti. Dimmi, di quale favore si tratta? Certo che mi ricordo di Porthos.

Amabel era sempre stata una persona molto disponibile e impegnata socialmente, al servizio degli altri, quindi conosceva bene le situazioni di disagio di Fiddle Town.

- Amabel, - chiese Lane, sicuro che la risposta sarebbe stata positiva. - Possiamo parlarne oggi davanti a un buon caffè da Geremia? Non ti porterò via tanto tempo, promesso.

- Certamente, Dexter; io finisco verso le 16, ci vediamo là direttamente, giusto il tempo di arrivare.

- Bene, Amabel e grazie. Ci vediamo là.

Non appena arrivata la pattuglia di turno, Lane diede loro alcuni ordini di routine, poi si diresse verso l'ufficio, dove rimase fino all'orario dell'appuntamento con Amabel.

XI capitolo - Profumo di bambino

Il giorno seguente al Distretto, Lane non parlò con nessuno, fino a quando chiamò Anthony nel suo ufficio.

– Grazie per il caffè; ma cosa hai fatto al dito, Anthony?

– Niente capo, è che a forza di farti i caffè mi sono bruciato e ho messo un cerotto.

– Anthony, senti questa. Conosci Porthos, vero?

– Certo, capo. Chi non lo conosce?

– Eh no, ti sbagli. A quanto pare nessuno lo conosceva veramente.

– Conosceva? – domandò Anthony, che aveva ormai intuito la risposta.

– Sì, Anthony, Porthos è morto ieri. Per il freddo immaginiamo, questo lo stiamo accertando. Come ti dicevo, nessuno lo conosceva veramente: diciamo spesso di conoscere qualcuno, ma alla fine mentiamo a noi stessi, – disse Lane per rafforzare i suoi pensieri. – Incredibile: appena ieri ho chiesto ad

Amabel Dwight un favore e già stamattina lei mi ha fornito informazioni, puntuali come sempre. L'ho sempre detto: per Amabel provo una grande stima... neanche la metà per te, Anthony! Te la devi guadagnare tutta!

Lane proruppe in un eccesso di rabbia, imprevista e inopportuna.

– Ma... capo, – le parole di Lane lasciarono basìto Anthony, proprio non se lo aspettava un comportamento come quello; troppi alti e bassi nel suo temperamento: ne aveva abbastanza. - Non mi sembra il caso di esprimerti in questo modo!

Per la prima volta, Anthony aveva risposto al suo capo. Dandogli del "tu", per giunta.

– Beh... bene. Senti questa, allora: abbiamo scoperto il passato di Porthos, cioè di Antonio Bettinelli. Aveva 62 anni, suo padre, italiano, era un maestro liutaio a Cremona; la mamma, americana, lavorava in casa come parrucchiera, si era trasferita in Italia per amore, a quanto pare. Porthos era nato a Venezia, si pensa durante una trasferta dei genitori per assistere al concerto del violinista, caro amico del padre, Aaron Bentley. Fino all'età di dieci anni, Porthos visse in Italia e, dopo la scuola, seguiva il padre nella sua bottega. La madre li abbandonò quando Porthos aveva appena due anni, i genitori di Porthos erano figli unici, il padre aveva poi conosciuto una donna italiana che lavorava al Teatro della Fenice a Venezia, – continuò a leggere Lane, tra le righe del rapporto ricevuto da Amabel. – In seguito si trasferirono qui, a Fiddle Town, che, come sappiamo, è gemellata con la città di Cremona. Padre alcolizzato, in rovina, poi altro abbandono della seconda moglie; Porthos, praticamente, è cresciuto da solo. Dopo varie vicissitudini, ed è qui la sorpresa Anthony, Porthos diventa padre! Durante il suo internamento nell'istituto psichiatrico, o meglio, in un ospedale psichiatrico californiano: quello che abbiamo visto in foto io e Carlyle. Come ci sia finito, non si sa. La compagna di Porthos era una ragazza degente all'interno dell'istituto, con la quale amava passare pomeriggi interi all'ascolto di Vivaldi, che la radio locale lanciava su un canale dedicato esclusivamente alla musica, – Lane terminò, energico e orgoglioso delle sue scoperte. - Davvero incredibile la vita.

– Un figlio? Ancora in vita, adottato, oppure? – si riprese Anthony.

– Anthony, ho un'idea, ma non ho ancora la conferma di ciò. Prima voglio informare Carlyle di come gestiremo la salma di Porthos: si era affezionato a lui, o forse al sorriso malinconico che gli sapeva trasmettere.

XII capitolo - Profumo d'arte

La notte arrivò con insistenza. La nube a forma di mano aveva preso il sopravvento sull'orizzonte oscurato, come a volere chiamare tutti a sé. In lontananza passi claudicanti avevano disturbato il silenzio con prepotenza arcana, quest'ultimo diventato loquace attraverso insoliti rumori che provenivano dal sottoscala della mia vicina di casa. L'inflessione di quei passi si fece sempre più insistente. Mi voltai, terrorizzato. Un'ombra stranamente allungata e ramificata aveva tentato di raggiungermi con le sue movenze ossessive. Non vidi nessuno. Affrettai il passo, ansimante. Non avevo mai visto la Paura così dannatamente angosciante e assillante, la mia...
Che incubo, di nuovo la signora Wollah!
Avrei voluto che la notte avesse completamente spento i miei sensi. E invece solo incubi come sempre.
I miei sensi fanno ora fatica a riprendere le loro forme, i loro spazi, la loro essenza.
Ho bisogno di mangiare, di dare vita a un corpo che stamattina non riconosco come il mio.
Stranezze e vizi i ricordi dell'altra sera, memorie intense e purpuree.
Non ho sognato.
Sono convinto che io non riesca a sognare, come se

la signora Wollah mi abbia, col suo canto ammaliatore, completamente privato della genetica dei sogni.

Conosco gli incubi, pressanti, ma a volte sfuocati, che attanagliano le mie membra in contorsioni assillanti, lasciandomi senza respiro e offuscandomi la mente.

L'arte e i dipinti diventano gli unici momenti del mio sapere, della mia consapevolezza corporea e mentale.

L'arte mi appaga i sensi mantenendoli vivi nelle loro radici. Momenti incorniciati nella saturazione dei colori di un pennello saccente, invadente nella prospettiva, a volte cauto nelle movenze delle spatole e a volte fautore delle beltà altrui e dell'altrove. Sguardi e visi dipinti in maniera fugace ma eccelsa. Amo i soggetti femminili e la loro sfrontatezza nelle forme e nelle sinuosità. Sono attratto e sedotto dall'impressione che un quadro riesce a rivelare al mio occhio bramoso di leggere l'arte in ogni suo aspetto. A volte volti inquieti e repulsivi.

"Le teste di Arcimboldo sono mostruose perché rimandano tutte, quale che sia la grazia del soggetto allegorico, [...] a un malessere sostanziale: il brulichio. La mischia delle cose viventi [...] disposte in un disordine stipato evoca una vita tutta larvale, un pullulìo di esseri vegetativi, vermi, feti, visceri al limite della vita, non ancora nati eppure già putrescenti".

Una citazione, un rimando alle Quattro Stagioni che ho appena letto, memorizzato, mangiato parola per parola al fine di appagare nel profondo la voracità del mio sapere.
L'arte mi appaga e mi illumina, la morte mi appaga e mi acceca.
Il ricordo di lei, l'altro giorno, è acceso nella pennellata satura del rosso scarlatto ma spento nella memoria, flebile, sorda, solitaria.
Black out totale.
In fondo al mio tunnel inseguo una lucciola che attira la mia attenzione nel volermi trasportare verso le oscenità della sera. Sacrifici alle divinità maschili ospiti di bordelli a luci rosa, per nulla al mondo mi perderei questo meraviglioso spettacolo, e l'altra sera di uno spettacolo si è trattato, così la mia mente ne ricorda alcuni secondi in preda alla maestosità dei colori e delle forme.
Prima natura morta, imbrattata, oggi attimi vivi e colorati.
Morta? Morta?!
Sono un solitario. Frequento il bar, quello del mio quartiere. Lì trovo persone tutte più grandi di me: adulti alla ricerca di conferme e di sapori nuovi. Mi

vogliono bene come se ne vuole a un fratello minore. A ogni mia citazione nel campo dell'arte rimangono ammaliati dall'uso mirato delle parole, vedono in me un professore di vita. Ogni volta ascoltano con attenzione scolastica le mie divagazioni, le mie descrizioni, i miei viaggi artistici da un quadro all'altro.

Hanno ammirazione di me, del mio sapere. E io non ne ho di loro, è la verità.

Sono persone bugiarde. C'è un ragazzo in particolare che non distoglie mai lo sguardo da me. Mi parla spesso, cercando di carpire il mio profondo, il delirio dei miei bisogni. Più di una volta ho anche avuto la sensazione di essere seguito da lui. Il suo interessamento nei miei confronti è affiatato, graffiante. A volte mi incuriosisce e apro le mie viscere ai suoi interrogativi, a volte mi ritraggo in silenzio. Tutti gli altri sono inaffidabili, repressi, vuoti, privi di colore. E io amo tutto ciò che è colore, intenso, soprattutto quello sulla tela di corpi giovani imbellettati per l'occasione serale, la mia estasi. Li spoglio dei loro colori originari, li rivesto di ombre e luci nuove, di sfumature brillanti e di essenze profumate. Le mie vittime sanno quello che voglio, conoscono i miei desideri, avvertono le movenze delle mie mani come quelle di un pittore d'avanguardia: decise, minimali ma possenti, forti e corpose, abituate alla materia, alla rapidità e alla sostanza.

Oh, mie muse ispiratrici. Oh, mie concubine consenzienti! Oh, arte!

XIII capitolo - Profumo di piume di struzzo

Nel frattempo Mike Bennett, appena atterrato con il volo di rientro da Londra, si prodigò per riaccendere il cellulare e fare una chiamata importante.

– Amore, sono rientrato da Londra, ti sto chiamando dall'aeroporto, stai bene? Non vedo l'ora di riabbracciarti!

– Mike, tesoro, – dall'altra parte della cornetta, la voce era suadente e sensuale. – Mi sei mancato tanto! Sono a casa, ti aspetto amore mio!

– Sarò da te tra mezz'ora, fatti trovare tra le lenzuola di seta profumate, – Mike era appagato da quella relazione, nascosta e morbosa. – Sorprendimi come sempre.

– Ti adoro! Stasera sarò la tua regina! E fai presto. Ah, la polizia bazzica da queste parti già da un po', con quello che è successo ci tengono tutte sotto controllo, da lontano. Ogni tanto vedo un'auto ferma in strada per una mezz'ora e poi va via.

– Non ti preoccupare, sono sicuramente poliziotti in borghese. E ora, c'è appostato qualcuno? Non voglio comunque che mi vedano.

Il tono di Mike assunse un tono quasi sgradevole: Mike era un uomo di successo, ma non voleva certo che giornalisti e poliziotti lo accerchiassero anche nella sua vita privata.

– Tesoro, no, non c'è nessuno. Sono qui alla finestra e sono andati via da dieci minuti. Comunque, perché ti ostini a mascherarti dietro falsi pregiudizi? Sei un adulto e come tale vorrei che ti comportassi. Non voglio arrabbiarmi ancora, ma vorrei che chiarissimo una volta per tutte il nostro rapporto. Io camminerei abbracciandoti, anche in mezzo a una piazza con un miliardo di persone: non ho vergogna di te, non ne ho mai avuta. Tu, invece?

La voce dall'altra parte assunse un tono brusco, riportando l'attenzione di Mike su quello che era il motivo dei loro litigi.

– Amore, non fare così, – Mike cercò di assumere il tono più rincuorante possibile. – Te l'ho già detto, è questione di tempo; sono quasi pronto. Ho semplicemente voglia di vederti e di stare con te. Punto. Sto arrivando e non vedo l'ora!

– Tesoro, quando fai così sei tenero. Mi manchi, ti aspetto! Vieni e usa le tue chiavi per entrare. Dovrai seguire la scia di profumo di gelsomino e vaniglia, quello che piace tanto a te. Ti amo.

– Ti amo anch'io, Andrea.

Mike spense il cellulare, non voleva avere disturbi durante quella sera passionale e tanto desiderata, per un po' si sarebbe staccato dalla vita di scrittore famoso, che nell'ultimo periodo lo aveva prosciugato a livello di energie e pensieri.

XIV capitolo - Profumo di ricordi

Quella mattina Lane e Anthony decisero di andare a fare visita insieme nello studio di Mike Bennett, che aveva il volto stanco ed emaciato.

– Signor Bennett, buonasera. Piacere, Dexter Lane, ispettore Capo del 31° Distretto di Polizia di Fiddle Town. Con me l'agente scelto Anthony Higgins.

– Piacere.

– Immagino che la nostra visita sia giunta inaspettata.

– In effetti. Anche se, a dire il vero, sono comunque abituato a incontri ravvicinati con poliziotti, investigatori privati, ispettori... come sa, sono parte integrante dei miei gialli, no?

– Ah, certamente. E immagino che lei li riconosca da lontano quelli come noi, eh?

– Ah! Lei è un uomo spiritoso.

Lane abbozzò un falso sorriso, mentre Anthony si fece avanti, lasciando all'ispettore il ruolo primario nella conversazione:

- Non le dispiace se dò un'occhiata in giro, signor Bennett?

- Sig. Bennett, sono qui nel suo studio, sia in veste di lettore suo ammiratore che di ispettore. Bella la locandina del suo ultimo romanzo, che ho appena finito di leggere. Mi ha tenuto legato fino alla fine, a dire il vero... un finale veramente a sorpresa! Che dire? Complimenti.

Lane, pur parlando con Mike, con lo sguardo seguì attentamente Anthony, ora impegnato a osservare un particolare appoggiato su un tavolo, del quale Lane non riusciva a vedere i contorni.

- Grazie, è sempre un piacere ricevere riscontri positivi.

- Lo sa, adoro la musica che nasce da strumenti quali i violini: semplicemente sublime, poesia per le mie orecchie. Ma, mi dica, come mai ha scelto di romanzare una storia legata a un personaggio realmente vissuto, il grande Aaron Bentley?

- Le mie origini veneziane e la mia voglia di conoscere mi hanno portato in un viaggio all'insegna della musica e di musicisti di altri tempi. Sono nato anche con la passione per la musica, non solo per la scrittura. Poi, chi non ha mai sentito parlare del grande Aaron Bentley, o, magari, visto almeno uno dei suoi meravigliosi concerti storici?

Mike sembrava quasi complimentarsi con se stesso.

– Sì, in effetti, un grande maestro di vita, – proseguì Lane. – Come potrebbe essere un padre.

– A proposito, signor Bennett, un romanzo anche autobiografico, il suo; immagino che la stesura sia stata sofferta, considerando i rimandi alla sua vita e ai genitori che non ha mai conosciuto.

Lane odiava tergiversare.

– Ormai è chiaro, mi è mancata soprattutto la figura paterna.

Mike si aprì, senza nessun segreto: ormai la sua fama aveva reso pubblica una parte della sua vita privata, seppure involontariamente; quello era lo scotto da pagare per il suo successo.

– Oserei dire che le è mancata perché avrebbe voluto avere un padre, diciamo "normale" e non un misero barbone; le avrebbe offuscato quella fama che per anni ha inseguito, o sbaglio?

Lane odiava certamente tergiversare. Anthony scattò verso l'ispettore:

- Ma di che diavolo sta parlando?

- Suo padre era ancora vivo, purtroppo fino a ieri sera, vero signor Bennett? Il nome Porthos le dice qualcosa?

- Cosa?

- Porthos, ovvero Antonio Bettinelli!

- Cosa significa "fino a ieri sera"? Cosa vuol dire, che mio padre è morto?

Mike scagliò parole d'insofferenza e paura verso lo sguardo irriverente di Lane, mentre Anthony era in ascolto, incuriosito da quello che stava per accadere.

- Sì, ha detto bene, purtroppo: suo padre! Quindi, come sospettavo, lei sapeva chi era Porthos, ma Porthos non ha mai saputo di lei, vero? Ha fatto delle ricerche che, nel tempo, l'hanno condotta a Porthos. Ha iniziato ad andare a trovarlo di nascosto per non farsi vedere da nessuno. Nella tana di Porthos, dove era solito coricarsi, abbiamo inoltre trovato degli oggetti e delle carte che riportano a lei signor Bennett. Oltre a essere dedito all'alcol, Porthos aveva ogni tanto mani veloci che non si accorgevano di rubare dalle tasche altrui. Abbiamo trovato un accendino con le sue iniziali M.B., biglietti da visita e la copia dell'invito alla prima serata di presentazione del suo romanzo. Certo, solo indizi, ma ora lei mi ha appena dato una certezza.

Lane non era di certo stato accomodante, con gli sconosciuti non lo era mai.

– Oh mio dio, allora è vero! Morto come? E la salma, dov'è? Voglio vederlo!

Mike si sedette, abbandonando il corpo tremolante allo schienale della prima poltrona che aveva trovato sui suoi passi.

– Morto per ipotermìa. I pochi sogni che aveva si sono liquefatti. Evaporati. La salma si trova all'obitorio, ora. A proposito, signor Bennett, - continuò Lane, senza preoccuparsi dello stato d'animo di Mike. – So che lei ha avuto modo di conoscere Marta Garcia tramite il signor Barrett Cooper, ormai suo caro amico, non è vero?

– Non so, Marta... Marta chi? Che cosa mi ha

chiesto? Sono confuso. Mi lasci solo, perfavore. La notizia che mi ha dato...non so. Mi scusi, ma ora vorrei rimanere solo.

Mike era stato catapultato in un mondo nuovamente privo della paternità, tanto decantato con successo nei suoi scritti.

– Capisco, ci rivedremo comunque nei prossimi giorni, la invito a non allontanarsi da Fiddle Town. Ho ancora delle domande da farle su Marta Garcia, ne avrà sentito parlare ai telegiornali, immagino, o a qualche salotto letterario. Arrivederci signor Bennett.

Mike rimase seduto con le mani che coprivano il volto pensieroso e sofferente, mentre Lane e Anthony si congedarono senza insistere nell'essere accompagnati all'uscita.
Durante il tragitto di rientro in ufficio, Lane chiese a Anthony se aveva trovato qualcosa di interessante nello studio di Bennett.

– No, nulla, semplicemente carte su carte. E una foto di Bennett con alcune ragazze dell'agenzia B&B. Al suo fianco la signora Campbell, un'altra sullo sfondo, di schiena e dai colori sembra Marta Garcia e un'altra... o un altro che lo abbraccia.

– Bravo ragazzo! Questa la portiamo al distretto. Lasciamela, devo fare alcune telefonate all'agenzia.

– Capo, – insistette Anthony cercando di convincere Lane. – Le posso fare io, le chiamate.

– D'accordo, ecco cosa dovrai chiedere...

Lane continuò a dare indicazioni a Anthony sul da farsi. Ogni tanto doveva mettere alla prova i suoi uomini.

***

– Ciao Mike, sono Elisabeth. Ti lascio questo messaggio sulla tua segreteria telefonica anche se preferisco parlarti domani di persona. Volevo sapere com'è andata a Londra, non ho sentito più nulla; sei come scomparso. Tutto ok? Chiamami, ti prego... ho anche una novità che riguarda mio marito. Ho deciso: metto un punto fermo a quanto è stato. Stasera gli chiedo il divorzio. Allora chiamami. A qualsiasi ora, ok? Bacio. Spero di sentirti presto.

***

Nel frattempo, dall'altra parte della città, la signora Emily Rose Campbell e il signor Barrett Cooper stavano intrattenendo una telefonata accalorata:

– Pronto, Emily? Amore, riusciamo a vederci stasera?

– Barrett, amore! Non sei mai te a chiamarmi, cosa è successo? Spero che tu abbia belle notizie, nonostante tutto quello che sta succedendo in questi giorni.

– Emily, sono pronto, ci ho pensato. Non voglio più continuare così. Dopo che avremo sistemato il lancio del romanzo di Bennett, prenderò la decisione, – disse fermamente convinto Barrett, per la prima volta. – Ormai con mia moglie è finita.

– Finché non vedo non credo, Barrett, – asserì Emily, con voce piagnucolante. – Dici sempre così, ma i fatti dicono altro.

– Amore, lo so, abbi pazienza. Stasera sono tutto per te, aspettami. Vengo io appena chiudo l'ufficio, finisco di sistemare un paio di telefonate e poi sono lì da te. Prepara un paio di calici per brindare!

– D'accordo, ma non tardare troppo, – si rasserenò momentaneamente Emily, in attesa di Barrett, forse finalmente suo per sempre. – Dobbiamo parlare di quella cosa che ti ho accennato, non me la levo dalla mente: bisogna che decidiamo insieme sul da farsi.

– Certo, Emily, non ti preoccupare e non parlarne ancora con nessuno, mi raccomando. Un bacio, a dopo amore mio.

Barrett chiuse la telefonata, tentando di convincere Emily a non esternare assolutamente le sue paure.

***

La mattina seguente:

– Pronto Carlyle, sono Cyn.

– Dimmi.

Carlyle aveva una voce d'oltretomba.

– Che voce che hai, ancora assonnato?

– Cyn, – borbottò Carlyle, stanco. – Sono le quattro e mezza del mattino...

– Appunto, è già tardi per me. Se stamattina riesci a passare in Centrale ti volevo aggiornare su Porthos, ho delle informazioni in più su di lui.

– Certo, non so a che ora, ma passo sicuramente. E grazie, buona giornata.

Carlyle buttò giù il telefono: era contento della telefonata, ma non avrebbe voluto riceverla di notte, soprattutto perché quella sera aveva finito di lavorare tardi e, per la prima volta dopo molto tempo, era riuscito a coricarsi senza il sentore di vapori alcolici addosso. Qualcosa stava cambiando in lui, in meglio: forse era l'inizio di una nuova vita.

– Anche a te, Carlyle.

Lane chiuse la telefonata, consapevole che la linea era già stata interrotta dal sonno di Carlyle.

***

Dall'altra parte della città, pupille oscure e figlie dell'ombra erano assopite tra gli angoli più plumbei di Fiddle Town. Erano le quattro e mezza del mattino, notte fonda.
La notte arrivò di nuovo con insistenza.
Ero assetato di voluttà, come sempre. Il richiamo era di nuovo forte. Avevo bisogno di loro, delle mie donne, delle mie creature. Sapevo che Sarah la dolce e Sandy la carnale erano lì ad aspettarmi, complici delle mie richieste. Erano brave, mi conoscevano

molto bene. Non appena raggiungevamo l'estasi più assoluta, io perdevo sempre i sensi, mente e corpo cadevano assopiti in catalessi. In quei momenti, loro sapevano come accudirmi e come accarezzarmi. Sapevano che io ero disposto a tutto per loro, anche a travestirmi. Giochi ai confini della pornografia, ma mai della morte. Le mie creature non potevano morire, erano le mie creazioni, le mie concubine, le mie maestre di vita. L'arte mi appaga, la morte mi acceca. Oh, raggiungimento del sublime! Oh, arte!

XV capitolo - Profumo di verità

Era passato un giorno solo dall'ultima chiacchierata con Mike Bennett, ma per Lane era già ritornato il momento di vederlo, questa volta senza Anthony che era andato a casa prima. Lane l'avrebbe poi informato il giorno seguente di questa ulteriore visita a un possibile indiziato.

– Bennett, come vede sono di nuovo da lei.

– Ispettore, si accomodi. Spero che non abbia ancora brutte notizie che mi riguardano; a dire la verità, ho poco tempo da dedicarle, mi dispiace. Ho un impegno e sto per uscire dallo studio.

– Non vorrei tenerla impegnata tanto, ma la invito a posticipare il suo impegno. Immagino impegni di lavoro, ma mi dica, signor Bennett, com'è vivere da single? Io ne so qualcosa e le devo dire che non è niente male!

– Ispettore, – s'irrigidì Mike, nonostante la stanchezza psicologica gli tenesse compagnia già da tempo. – Normalmente non parlo del mio privato, non gradisco: mi capirà.

– Ma certo, tra uomini ci si capisce benissimo!

Conoscendo il signor Cooper, – continuò cinico Lane. – Conoscendolo mi riesce facile pensare che qualche serata, insieme a donne amanti... amanti della scrittura, l'abbiate passata, vero?

– E cosa c'entra questo? Non c'è nulla di male a uscire e a divertirsi, – rispose Mike senza nulla temere. – La vita da single lo permette, come dice lei, ispettore.

– Donne... signore, si fa per dire. A proposito, carina Marta Garcia, la conosceva?

– Chi, Marta? Mi dice qualcosa...

– Glielo ricordo io, signor Bennett, ma forse non era quel tipo di donna che le poteva piacere, vero?

– Come ha detto scusi?

Mike ripeté la domanda un paio di volte.

– Andrea Springs le dice qualcosa? Signor Bennett, anche lei, a quanto pare, conosce bene la Z.O.E, vero? O meglio, l'agenzia B&B Models.

– Chi?

- Andrea Springs, - ripeté Lane, deciso e scaltro. - Suo compagno e amante.

- E' un amico, niente di più. Perché, non si possono avere amici transessuali? E' proibito?

- Io, invece, sono sicuro che lei abbia assaggiato il gusto del proibito da molto vicino. Nulla di male, infatti, ma negare l'evidenza di prove e di pedinamenti, ecco, questo non va bene.

- Non avete prove tangibili e poi, ripeto, nel mondo dell'arte e degli ambienti che tutt'ora frequento, ho spesso contatti con letterati, gay, bisessuali e trans che io stimo moltissimo.

La voce di Mike iniziò a diventare rauca e titubante.

- Non metto in dubbio la sua stima. E, comunque, non è questo il punto: lei è libero di vivere la sua vita come vuole. La vera questione è un'altra e si chiama Marta Garcia.

- Cioè?

- Bennett, mi dica, la conosceva?

- Sì, non lo nego, ricordo di avere visto qualche volta

una certa Marta, di origini sud-americane, non ricordo il cognome, forse lei, comunque una che scriveva e che ho conosciuto tramite Barrett Cooper.

– Proprio così, giovane e carina, ma soprattutto scrittrice e anche promettente, da quanto mi ha detto il signor Cooper. E lei questo lo sapeva molto bene.

A Lane piacevano gli interrogatori, soprattutto quelli spinosi e scomodi per gli indagati.

– Non proprio, – rispose Mike schiarendosi nuovamente la voce. – Nel senso che, se stiamo parlando della stessa persona, l'ho sentita parlare negli incontri di letteratura che Cooper organizzava, nient'altro.

– E invece le sfugge ancora qualcosa. Lei conosceva molto bene lo stile di Marta Garcia, non è vero? E anche le sue intenzioni!

– Ma cosa sta dicendo?

– Intendo il romanzo che Marta aveva scritto e che voleva pubblicare tramite Cooper! Lei conosceva molto bene Marta, all'inizio vi vedevate spesso nell'appartamento della signora Emily Rose

Campbell, quello dove Marta è stata trovata morta. Marta conosceva molto bene le sue attività segrete con Andrea Springs e ne prese spunto per scrivere il suo romanzo, tenuto nel cassetto fino all'altro giorno. Ho letto quegli appunti: povera Marta, aveva uno stile molto raffinato nel descriverla. Signor Bennett, Marta faceva chiari riferimenti a lei nel suo romanzo e questo a lei non andava bene. Dire al mondo intero che lei è un omosessuale, proprio ora che sta avendo successo, questo no, vero signor Bennett?

Lane aveva iniziato il suo sproloquio, senza lasciare spazio all'imputato, come sempre.

– Marta quella sera è venuta da lei al Salone del Libro, per dirle che era stanca dei suoi soprusi. Le pagava i vestiti, le cene, tutto, pur di tenerla dalla sua parte e sfruttarla per tenere alta la sua fama; e lei, signor Bennett, era consapevole del suo talento, che ha perfino utilizzato nella stesura del suo ultimo romanzo, "Corde insanguinate"!

– Non è vero! E poi...

Mike tentò d'intervenire, senza ottenere udienza.

– Marta era stanca di assecondarla e di rimanere in

secondo piano: voleva cambiare in tutto e per tutto, anche la sua vita non le bastava più. Non voleva più fare la modella, voleva emergere come scrittrice. Poi, aveva trovato l'amore, così pare. Signor Bennett: quella sera si trovava al Salone del Libro per incontri con letterati, si è dilungato un po', poi l'ha raggiunta nell'appartamento e l'ha uccisa. Tutto premeditato. Aveva il timore della possibile pubblicazione del nuovo romanzo di Marta e delle sue confessioni! Come sarebbe stato scoprire, oltre alla sua omosessualità, anche il fatto che lei non era il vero autore del romanzo
"Corde insanguinate"?

– Non avete prove! Tutte assurdità! Non è vero! Lo ammetto, sì... la mia storia con Andrea Springs, però non c'è niente di male. Sono stanco dei gossip di tutti i giornalisti, voglio vivere la mia vita per quello che sono, nulla di più!

– Non credo proprio, signor Bennett. Di prove ne abbiamo, eccome! La dichiaro in arresto, ha diritto a un avvocato.

Lane fece risuonare le parole appena pronunciate tra le pareti della sua mente concentrata, il suo cervello era profondamente convinto di quello che diceva, ma non il suo cuore, laddove ne avesse avuto uno.

- Non ho bisogno di un avvocato, non ho fatto nulla!

Mike continuò a sbraitare, mentre Lane fece entrare i suoi uomini per prelevare il signor Bennett e portarlo in Centrale.

- Signor Bennett, si prepari a una lunga notte in cella, la prima di una lunga serie! Se vuole chiamare Andrea e avvisarlo, non lo faccia preoccupare. Era questo l'impegno di lavoro di cui mi parlava?

Lane concluse, appesantendo la situazione che si era chiusa, con gli insulti del signor Bennett a tutti i presenti.

XVI capitolo - Profumo di verità assoluta

Al Distretto le acque si erano calmate, il caso Marta Garcia era stato chiuso, nonostante l'arma del delitto non fosse stata trovata. Strano caso, o forse Lane ci aveva ricamato troppo. Fama, scritti rubati, gelosie, corde insanguinate, omicidio. Alla fine le impronte trovate erano quelle di Brian Wilson, Carlyle Evans e Mike Bennett, l'unico che non aveva una copertura per quella fatidica sera, oltre a quelle della proprietaria dell'appartamento in cui si era consumato l'omicidio, la signora Emily Rose Campbell. Per il resto, impronte non rilevabili di un via e vai di amanti e pervertiti.

Dopo avere messo in gattabuia Mike Bennett, Lane non si spiegava una cosa, un pallino che non voleva abbandonare i suoi pensieri e che aveva tenuto per sé.

A un certo punto, il suo cellulare vibrò.

Lesse il messaggio, rimase stupito.

Quella mattina Anthony era uscito da solo a fare colazione, il collega Andrew si era assentato momentaneamente perché al distretto avevano ricevuto una segnalazione di un pervertito che stava molestando delle giovani ragazze in un locale.

In quel preciso momento, squillò anche il telefono in ufficio da Lane, il quale alzò la cornetta velocemente. Dall'altra parte della linea, una voce confusa e camuffata pronunciò una sola frase, breve per non essere intercettata:

– Caso Garcia. Coltello in Strangers Street 99, terzo piano.

– Pronto? Pronto, chi parla?

Lane non ottenne risposta; era alquanto allibito: era arrivato il momento di chiarire un paio di cose, ma doveva subito chiamare i suoi uomini, oltre a Anthony che era appena rientrato, per andare sul posto.
Non c'era tempo da perdere.
Le volanti accesero le sirene e, muovendosi come pantere nel traffico cittadino, si dileguarono verso Strangers Street.
Arrivarono, il portiere fu azzittito immediatamente.
Salirono al terzo piano dalle scale, di corsa, con le pistole impugnate e facendo cenno ad alcuni inquilini di uscire e di rimanere in silenzio.
Ogni piano si palesava con un paio di porte, al terzo una delle due riportava l'etichetta 'Lavanderia'; nell'altra, invece, il campanello non riportava nessun nome.
Gli uomini di Lane si divisero: una parte controllò la Lavanderia, un bilocale ridotto nelle dimensioni e quasi vuoto, dove gli unici oggetti visibili erano i fili

su cui erano stesi alcuni panni ad asciugare; il resto della squadra, Anthony e Lane, bussarono insistentemente alla seconda porta anonima, ripetutamente.

Nessuno rispose, quindi il momento di buttare giù la porta era arrivato: Lane fece cenno e in pochi secondi era scardinata. L'appartamento era completamente al buio, con le tapparelle talmente serrate che neanche un filo di luce riusciva a entrare in quel buco.

Cercarono di accendere le luci, sembrava che mancasse la corrente. Gli uomini afferrarono anche il manganello e la pila per illuminare a scatti il bilocale e improvvisamente videro un corpo fermo sdraiato di spalle con delle cuffie alle orecchie attaccate a un registratore, il cui volume sembrava essere molto alto dato che si percepiva il rimbombo delle parole.

"Le teste di Arcimboldo sono mostruose...".

Lo toccarono per accertarsi se fosse vivo o morto e, completamente di scatto, quel corpo si voltò con gli occhi fuori dalle orbite, accecato dalla luce invadente delle pile dei poliziotti puntate sui suoi pensieri.

– Chi sei? Come ti chiami? Sei tu il proprietario di questo appartamento? Dov'è il coltello? Forza, girati, tieni le mani in alto!

Lane urlava, mentre i suoi colleghi tentavano di tenere fermo l'innominato, che si dimenava come un verme.

– Cosa volete da me? Quale coltello? Sono Jack e ieri la mia notte è arrivata di nuovo con insistenza. Lasciatemi dormire! Sono assetato di voluttà, come sempre. L'arte mi appaga, la morte mi acceca. Oh, raggiungimento del sublime! Oh, arte! Oh, mia ZOE! Dove sono le mie concubine? Me le avete portate via voi! Lasciatemi!

Il giovane continuava ad urlare, in preda a elucubrazioni che i poliziotti capirono solo nel momento in cui riaccesero le luci dal quadro elettrico. Ai loro occhi si palesò qualcosa di simile a una camera oscura: fotografie di volti femminili mascherati e imbavagliati, di pose pornografiche al limite del consentito, di oggetti e feticci, che ritraevano Jack contornato da donne, con abiti in pelle e frustini taglienti da un lato, mentre dall'altro fotografie di pose artistiche ed erotiche. Nessun segno di corpi insanguinati. Ma un volto era ben riconoscibile: quello di Marta Garcia e, molto probabilmente, di altre modelle del quartiere rosa. Frugarono in ogni angolo dell'appartamento alla ricerca dell'oggetto introvabile: l'odore acre e nauseabondo di vestiti e mobilio fece arricciare il naso a tutti, costringendoli a coprirsi il naso con dei fazzoletti.

Ogni parete era ricoperta di stampe di quadri antichi e moderni in un perfetto connubio di tinte, movimento di linee e di forme: immagini sacre narranti le gesta di santi protettori, corpi nudi arrotondati da pennellate generose di pittori conosciuti, nature morte sovraccaricate di colori plumbei e macabri. In un punto, però, l'occhio di Lane notò la tanto attesa imperfezione perfetta: l'immagine in questione era "La creazione di Adamo", di Michelangelo Buonarroti, dove la gestualità perentoria, essenziale, monumentale di Adamo andava ad unirsi, ma in questo caso ad allontanarsi, dalle mani divine. Un'incisione antica sulla stampa aveva provocato una fessura nell'intonaco e sul muro stesso, nel punto in cui la scintilla vitale degli indici alzati e dipinti con maestria avrebbe dovuto confluire in un contatto eterno e universale tra Dio e Adamo. Qui, la bellezza del corpo umano, era vista come una diretta emanazione delle facoltà spirituali e come il punto più alto della creazione divina. Ma quale Dio in quella stanza? Si chiese sottovoce Lane. Quale scintilla vitale?

Lì, in quel punto in cui la distanza tra Dio e l'uomo si era acuita e dove della dignità umana non era rimasto altro che l'eco confuso, Lane scoprì un cunicolo frapposto tra la parete del bagno e della camera da letto, dove si palesò ai suoi occhi quel coltello, l'incriminato.

I poliziotti erano su di giri, ammanettarono il ragazzo e si diressero tutti verso il distretto. Dovevano interrogarlo subito ed effettuare le analisi sul coltello.

***

Lane era adrenalinico, dall'angolo del suo ufficio non poteva fare a meno di pensare di avere trovato l'assassino. Ma quale? Il serial killer? L'assassino di Marta Garcia? Oppure un colpo unico e fortunato? E Mike Bennett, allora? Per Lane era arrivato anche il momento di fare la telefonata, rimasta in sospeso a seguito dell'ultimo messaggio ricevuto sul cellulare. Nel mentre, i suoi uomini non dovevano muoversi neanche di un centimetro dal folle presunto omicida.

– Pronto, Agenzia B&B Models?

Buongiorno, desidero parlare con la proprietaria, Christine Blunt. Sono l'ispettore Lane del 31° Distretto di Polizia di Fiddle Town. Dexter Lane.

– Buongiorno, – rispose una voce gentile dall'altro

capo. – Gliela passo subito.

– Pronto, ispettore? Buongiorno, sono Christine Blunt.

– Buongiorno signora Blunt. Le volevo parlare di una cosa... sì, non si preoccupi. Capisco. Certamente. Pensavo di sì, strano. La signora Campbell, intende? Allora rimaniamo d'accordo così. La ringrazio e, mi raccomando, non parli con nessuno della nostra telefonata.

La conversazione si era conclusa con tante perplessità da parte di Lane, ma soprattutto non sapeva come affrontare questa svolta. Delicata. La chiacchierata con la signora Blunt lo aveva riportato a quanto confessato anche dal signor Barrett Cooper la sera prima per telefono. Lane si collegò al suo computer per le dovute ricerche e fece un altro paio di telefonate, di cui una ad Amabel Dwight, per chiedere ulteriori informazioni su Jack, il ragazzo sconosciuto. Le analisi del laboratorio avevano comunque confermato la colpevolezza di Jack: le impronte sul coltello erano senza nessun dubbio le sue. La lama coincideva con il taglio profondo della gola sgozzata, dalle corde vocali insanguinate.

XVII capitolo - Profumo di verdetto finale

– Anthony, dove sei? Vieni, dobbiamo andare a fare visita alla signora Campbell in agenzia.

Quella mattina Anthony era reticente, aveva un sacco di carte da sistemare sulla sua scrivania e tanti piccoli casi da chiudere. Dopo le energie spese a interrogare Jack il folle omicida, come lo aveva chiamato tutto il distretto, aveva dovuto ricominciare il secondo ciclo di pillole prescritte dal suo psichiatra.

– Capo, stamattina non riesco, lo sai... – cercò di convincerlo Anthony.

– Anthony, lo so, ma ho bisogno del tuo aiuto. E poi, andiamo a trovare delle modelle, dai che ti fa piacere vederne qualcuna... e che donne!

Lane diventò cinico e maschilista, come sempre, cercando di coinvolgere Anthony.

– Capo, io vengo ma bisogna che rimanga di pattuglia e quindi in auto, per la reperibilità.

– Anthony, dai, portami un'ultima tazza di caffè, – continuò Lane, esplodendo nei suoi soliti modi poco accondiscendenti. – Non voglio perdere altro tempo a convincere un mio sottoposto ad eseguire i miei ordini!

Prima di uscire, Lane bevve il caffè e lasciò la tazza sulla scrivania di Andrew, che fece un cenno con il capo a Lane, in segno di saluto.
I due si diressero verso l'agenzia. Il traffico era intenso, riuscirono a raggiungere l'agenzia in non meno di tre quarti d'ora. Durante il percorso, Lane ricevette sia la telefonata di Amabel Dwight, lunga e chiarificatoria e una di Andrew, breve e incisiva. Una terza telefonata la fece Lane stesso, durante la quale non profferì parola, perché dall'altra parte il numero squillava libero, ma silenzioso.

– Tutto a posto capo? – chiese Anthony, con lo sguardo rivolto verso le strade affollate e luminose.

– Sì Anthony, Amabel è una grande donna, l'ho sempre detto. E poi, anche affascinante... – si lasciò scappare Lane.

– Capo, non mi dire che ti stai innamorando e stai diventando umano, eh?

Anthony si sentì libero di pronunciare quelle parole; che fosse giunto il momento buono, per Lane, di accasarsi?

Improbabile: Anthony non credeva nei cambiamenti repentini.

– Ah, – proruppe Lane con una risata. – Ti va di scherzare, Anthony?

Erano arrivati e, proprio in quell'istante, la signora Emily Rose Campbell era appena scesa dal taxi che li precedeva nel parcheggio. Quest'ultima bussò al finestrino dell'auto di Lane, riconoscendolo.

– Ispettore, mi avete per caso seguita? Perché proprio qui?

– Signora Campbell, la vedo sorpresa, come mai? Non pensava di vedermi?

Lane notò nel volto di Emily un'ombra di preoccupazione, mista a paura; nel mentre, Anthony si girò di scatto, buttando l'occhio sul cartello di divieto di sosta dove avevano appena parcheggiato.

– Ehm... no. Sorpresa di lei, direi di no.

– Allora, forse, è sorpresa per avere visto il mio collega?

Le parole di Lane impietrirono Anthony che borbottò, rimanendo in penombra.

– Mica per nulla, Anthony: semplicemente perché tu sei più giovane di me e più attraente, – disse Lane, cercando di tirare su di morale Anthony. - Dai che piaci alla signora Campbell, sicuramente!

– Forza, signora Campbell, salga. La portiamo in Centrale, – continuò Lane con fare quasi minaccioso. – Dobbiamo farle delle domande; rimane ancora qualcosa di poco chiaro sul suo conto.

– Ma...

– Signora Campbell, – le maniere di Lane si fecero sempre più forti, rigide nei suoni e secche nei contorni del volto dell'ispettore. – Non mi faccia ripetere quello che le ho già detto!

La volante schizzò nuovamente verso il Distretto, il traffico si era affievolito, le genti di Fiddle Town si alternavano da un marciapiede all'altro attraverso uno scenario ritmico e colorato.
Appena arrivati, i tre si diressero verso l'ufficio di Lane, dove li raggiunse anche Andrew.

– Signora Campbell, non si sieda, la tratterrò poco.

Innanzitutto la ringrazio per avere reso possibile questo incontro oggi, – Lane divenne improvvisamente cordiale, affabile; questo atteggiamento inusuale con una donna aveva attirato l'attenzione di Anthony. – E grazie anche alla proprietaria dell'Agenzia per cui lavora, per avere assecondato la mia richiesta di tutta questa messa in scena.

Lane concluse, fissando negli occhi Anthony, che rimase confuso e sbigottito dalle parole incomprensibili del capo, assumendo una posizione di difesa.

– Capo, non capisco. Cosa sta succedendo?

– Come, Anthony? Mi sorprende il fatto che tu faccia finta di non sapere il perché, vero Andrew?

Il collega era rimasto lì per confermare i ragionamenti di Lane, basati sulle analisi, tra di loro condivise la sera prima.

– Capo, magari è meglio dire a Anthony di accomodarsi sulla tua poltrona, che ne dici?

Andrew, sembrava essersi immedesimato perfettamente nello stesso ruolo di Cyn.

Prima di iniziare un certo discorso con Anthony, Lane congedò la signora Campbell, ringraziandola nuovamente e dicendole che il caso dell'omicidio della sua amica Marta Garcia era quasi ora risolto.

- E ora, Anthony, torniamo a te. Un po' è colpa mia, - si rimproverò Lane, per poi rientrare nei panni di Cyn il cattivo. - Sono stato uno sprovveduto a non capirlo prima!

- Anthony, sei stato tu a uccidere la povera Marta, - i dubbi di Lane si fecero pressanti, esigeva delle risposte. - Eri innamorato pazzamente di lei, vero? Hai iniziato a frequentarla nel quartiere rosa quando la tua ragazza ti ha lasciato. Sei stato uno dei sui primi amanti, eri ossessionato da lei. La signora Campbell ti ha riconosciuto perché una sera sei entrato nel suo appartamento, ai tempi in cui lei lo condivideva con Marta. La prima volta che la signora Campbell è stata interrogata al Distretto, lei ti ha riconosciuto ma, impaurita, non ha detto nulla, perché pensava solamente a tenere nascosta la sua relazione con Barrett Cooper.

Lane si ricordò di quel momento iniziale dell'arrivo della signora Campbell come prima testimone al distretto, in un secondo momento erano state le sue curve generose a distrarlo dallo sguardo fulmineo tra lei e Anthony.

– Quando hai saputo che Marta si era innamorata seriamente di un altro cliente, Brian Wilson, appunto, l'hai uccisa in un raptus violento e premeditato! Dillo Anthony, le pillole non riescono ancora ad avere effetti tranquillanti su di te!

Lane era nel pieno della sua arringa e per nulla al mondo l'avrebbe terminata in un momento così catartico, anche davanti a un suo collega... ancora per poco.

– Quella sera tu, Anthony, sei andato di nascosto nell'appartamento. Avevi le chiavi perché da tempo eri riuscito a fare un duplicato di nascosto, in uno dei momenti in cui eravate insieme, perché volevi tenere Marta sotto controllo. Non c'erano segni di scasso. Quella sera, appunto, ti sei rifugiato nell'appartamento prima che lei arrivasse. Piuttosto che vederla tra le braccia di altri, l'avresti uccisa, come hai fatto! Marta era entrata senza accorgersi della tua presenza e poco dopo è arrivato Mike Bennett, con il quale aveva un appuntamento e tu hai assistito, celato dietro la poltrona del salotto, a una discussione animata, relativa al suo romanzo e alla sua omosessualità. Ma i due interrompono il diverbio, lasciando in sospeso il da farsi sulle sorti della fama e della vita privata di Bennett.

– Sì, – confermò Andrew, per dare maggiore peso alle parole del capo. – Bennett ce lo ha confessato in un secondo momento al distretto, durante uno degli interrogatori.

– Lane, Andrew, tutte balle! Perché tutto questo accanimento con me? Bennett è un bugiardo e per di più un omosessuale affamato di notorietà che copia le idee degli altri, ammazzando i loro sogni! Come ha fatto con Marta Garcia!

Anthony iniziò ad imprecare, ad un passo dalla schizofrenìa.

– Anthony, Anthony... se continui così, il tuo psichiatra ti richiamerà all'ordine e ti raddoppierà la dose di pillole. A seguire ti sei palesato agli occhi di Marta, immaginiamo vestito con una tuta e dei guanti neri; hai cercato di baciarla e di strapparle i vestiti, lei si è dimenata, aveva evidenti graffi e contusioni su gran parte del corpo, tu afferri il coltello e la sgozzi. Ma il caso vuole anche che tu debba rimanere ancora nascosto per un po' nell'appartamento, perché avverti dei passi di qualcuno avvicinarsi alla porta:
prima Brian, poi Carlyle e poi, ed è qui la sorpresa,

anche Jack. Proprio in quel momento hai pensato di posizionare il cadavere secondo il famoso dipinto di Delaroche, immagine appesa tra le pareti dell'appartamento di Jack: tu conoscevi molto bene Jack e la sua vita notturna da pervertito. Quando Jack è entrato, alla visione del corpo esanime e dissanguato, lui si è accasciato in dormiveglia, quello che gli succede sempre durante i suoi giochi erotici con le sue concubine.

Vedendo Jack che perde quasi i sensi sulla poltrona, gli fai impugnare il coltello, lasciando le sue impronte ben impresse. Anche lui indossava i guanti, gliene hai sfilato uno dimenticandoti di rimetterglielo. Del destino del coltello hai deciso più tardi, quando hai chiamato al distretto con la voce camuffata, nell'unico momento che ti sei assentato da solo per la colazione. Il bar ci ha confermato che non sei passato di là, come invece ci avevi detto.

– E quindi, capo, mi vuole accusare di un omicidio il cui caso è già stato chiuso, con più di un colpevole dietro le sbarre?

– E non ho ancora finito, Anthony. Mi sono domandato quale potesse essere il tuo collegamento con Jack e qui mi ha aiutato la cara Amabel: Dora, tua madre, morta un paio di anni fa, ha fatto da madre al povero Jack, ce lo ha detto Jack stesso, in un momento di lucidità. La povera Dora aveva iniziato a prestare servizio di volontariato presso l'orfanotrofio Glory, dove era ricoverato lo stesso Jack. Anthony, tu sapevi dell'esistenza di Jack, ma non viceversa e di Jack conoscevi le sue intime disperazioni e propensioni a notti sfrenate, ma mai assassine. Tu, mio caro Anthony, ci dicevi che non uscivi più da tempo alla sera, al contrario avevi iniziato a frequentare il bar di Jack, per tenerlo sotto controllo. Ma questo, inizialmente, lo facevi perché temevi che potesse essere il serial-killer e potesse fare del male anche alla tua povera Marta Garcia. Quando l'hai visto sulla scena del delitto, tra tutti i possibili assassini, Jack e la sua pazzia sono stati da te scelti, perché perfettamente in linea con le caratteristiche del folle killer del quartiere rosa.

Lane era inorridito dal suo stesso ragionamento: mai avrebbe pensato a una cosa simile di Anthony.

– Capo, – disse con tono sfacciato Anthony, immobile e asettico alle parole di Lane. – Continuo a farle presente che queste sono solo congetture, non avete prove tangibili, neanche impronte! Fino a prova contraria...

– E qui ti sbagli. Quando ho iniziato ad avere dei

sospetti su di te Anthony, abbiamo rilevato le tue impronte dalla tazza del caffè. Chiaramente incensurato, ma il controllo immediato è stato quello di confrontarle con quanto in nostro possesso: coltello, appartamento e corpo della vittima. Nel primo caso nulla, le impronte erano della vittima, che ha cercato di difendersi e di Jack. Nell'appartamento, dopo avere analizzato nuovamente ogni centimetro con indagini più approfondite, nulla è saltato fuori. Abbiamo controllato ogni centimetro di tessuto epidermico e non della povera Marta e sai cosa abbiamo trovato? Un pezzo della tua unghia e pelle che hai perso durante la colluttazione, quando il tuo guanto si è leggermente lacerato. L'unghia si è conficcata tra l'epidermide e la calotta cranica della vittima. Da lì il tuo dna. Non è ancora sufficiente per incriminarti, Anthony?

Lane fece cenno ad Andrew di ammanettare Anthony e farlo uscire immediatamente dall'ufficio, per poi lasciarlo in cella in attesa di giudizio.

– Lane, non ti libererai facilmente di me, – urlò Anthony, dimenandosi. – Io ti odio!

Una volta rimasto da solo in ufficio, Lane si abbandonò allo schienale della sua poltrona,

affaticato e senza voce. Ora doveva stendere il
rapporto, contattare i precedenti indiziati, riesumare
la pratica Marta Garcia alias Amy Dawson e chiuderla
per sempre.

Rimaneva ancora aperto il caso del serial killer, che
decise di mettere nel cassetto fino al momento
opportuno, nella speranza che non arrivasse mai.

Ora lo aspettavano i giornalisti, la stampa locale, che
fremeva per le notizie di cronaca nera.

Quella sera, prima di coricarsi a letto, fece ancora un
paio di telefonate: Amabel Dwight e Carlyle Evans.

***

– Sig.ra Amabel Dwight, mi chiamo Carlyle Evans. Ho
avuto il suo numero dall'ispettore Dexter, Dexter
Lane.

Non fu fuoco di paglia

Astolfo Balugani nacque in un casale di campagna a Carpi nei pressi del canale Lama.

Era figlio di una famiglia di mezzadri, la sua famiglia era composta dai nonni, entrambi i genitori, le tre sorelle e i quattro fratelli, i quali animavano le serate attorno ad un tavolo in noce grezzo, fiero supporto delle loro magre cene a base di pane con cipolle, latte caldo e tosone.

Emilia Braghiroli era la terzogenita di sette sorelle, figlia di padre pagliaro e madre resdora, reggente, che mandava avanti la famiglia. Ella viveva nell'appezzamento di terra contigua con quello di Astolfo.

Ciò che divideva le loro vite, anzi le univa, erano dei fili d'erba confinanti cresciuti in completa libertà, affossati in maniera casuale dal calpestio dei loro piccoli piedi nudi che, a giorni alterni, rincorrevano il trattore guidato dal nonno di Astolfo. Quando non correvano, usavano la bicicletta, una sola, quella piccola che d'incanto faceva aumentare l'aspettativa di entrambi, mentre Emilia guardava i campi, i fossi e gli alberi seduta tra cestino e manubrio. Astolfo aveva imparato da suo padre, semplicemente guardandolo mentre quest'ultimo ogni giorno si allontanava da casa caricando sua madre per andare a lavorare nei campi. Gli erano rimasti impressi i capelli di sua madre, che leggeri si ergevano verso il cielo aiutati dal vento e dalla pedalata decisa di suo padre.

– Astolfo, – gridò un giorno Emilia, mentre correva dietro ad Astolfo, con lo sguardo rivolto verso il basso, cogliendo sfumature colore smeraldo sulle punte delle sue dita. – I miei piedi sono verdi!

– Corri, Emilia, – urlò a squarciagola Astolfo, con le sue movenze leggermente impacciate e senza nemmeno voltarsi verso la sua compagna di giochi. – Corri! Non ti fermare; voglio correre tanto da perdere il fiato!

Erano entrambi talmente presi dal senso di libertà che la campagna circostante e la nudità della pelle a contatto con le proprie radici sapevano infondere, che non si concentrarono sulle reciproche parole urlate al vento, bensì sull'effetto che tale corsa ebbe su di loro. Il vento che si intrufolava tra i timpani delle loro piccole orecchie produceva un lieve fischio che li rendeva sordi agli eventi esterni, ma presenti con i loro sogni ad occhi aperti. Il loro essere ancora bambini manteneva vivo quell'incanto e quelle semplici emozioni tipiche dell'età, ma anche dei loro caratteri spensierati.

– Astolfo, aspettami! Che ne dici se ci nascondiamo e facciamo una sorpresa a tuo nonno?

Emilia era anche una giocherellona, si divertiva a
fare gli scherzi a tutti, compresi gli adulti.
S'immedesimava talmente nelle sue prossime azioni,
che il viso le si riempiva di piccole fossette sulle
gote e i suoi occhi si assottigliavano sempre più,
man mano che si convinceva che lo scherzo era da
fare, subito, mentre il nonno di Astolfo era intento
nell'aratura. Questa era solo una delle sue
caratteristiche; tra le altre, vi era era quella di avere
sempre le idee chiare.
Un episodio successo la sera prima, aveva rafforzato
questa sua ultima peculiarità: mentre era nel suo
lettino, in attesa di addormentarsi e di ricevere il
bacio della buona notte dalla sua mamma, questa le
pose un quesito:

– Emilia, hai pensato a cosa vuoi fare da grande?
Mentre la madre cercava di sistemarle le lenzuola di
flanella, appena riscaldate dal calore delle braci
provenienti dal focolare e poste dentro ad un
braciere ai piedi dello scaldino, detto "prete nel
letto", Emilia non aveva esitato a rispondere,
distinguendosi per la certezza dei suoi obiettivi:

– Un lavoro dove si comanda.

Senza alcuno sforzo, Emilia era diventata più seria,
per entrare in una sorte di ruolo decisionale come la

sua aspirazione suggeriva, per poi addormentarsi con il viso rilassato e accogliere i suoi sogni di bambina.

Con Astolfo, però, era diverso: Emilia non riusciva a comandare come diceva lei, ma si lasciava stranamente trasportare dalle decisioni del piccolo compagno di corse.

Quella volta, correndo per il prato, lei lo aveva seguito senza chiedersi il perché: dopotutto per divertirsi non c'era bisogno di porre domande o di delucidare dubbi, semplicemente di agire. I due avevano quindi deciso di nascondersi dietro alle ruote del trattore, seguendolo piano piano come ombre, mentre quest'ultimo era guidato con destrezza e orgoglio dal nonno di Astolfo, che non si era accorto dell'avvicinarsi dei due bambini. Ettore, il suo nome, era un uomo tutto d'un pezzo, robusto nella scorza e ruvido nei modi, non solo nella pelle costantemente esposta agli umori stagionali.

– Un'ètra grazia e dàp a-i-ho fini.

Ettore borbottava, pensando al suo buon Dio e al raccolto di stagione, ma prima di tutto alla salute della sua famiglia numerosa. Il Dio di Ettore non sembrava essere lo stesso di quello invocato da sua moglie, molto devota e praticante da generazioni

passate: a volte il Signore rispondeva alle sue richieste, a volte il suo apparente ed immediato silenzio irrigidiva Ettore, il quale si dimostrava impaziente e diffidente.
In questi frangenti, gli ritornavano alla mente le parole della defunta madre:

– Una persona non smette di respirare semplicemente perché non vede l'aria.

Ecco, la fede. La fede al di là di tutto, concetto che faticava a riposarsi tra le pieghe del suo cuore.
La fede di Ettore andava e veniva, ma soprattutto ritornava, quando la moglie rientrava dalle celebrazioni della Santa Messa avvenute nella chiesa di paese. Il rintocco delle campane richiamava per tempo tutti i paesani alla liturgia, tranne Ettore, che preferiva lasciare spazio tra i banchi della cappella a coloro che, nella sua mente, meritavano un posto nella casa del Signore, in primo luogo sua moglie.
Mentre le campane suonavano l'inizio della messa, Ettore rispondeva con la trombetta del clacson del suo trattore, sorridendo con orgoglio per la sua scelta, quella di impegnarsi ad arare bene il terreno affinché questo portasse i frutti desiderati.
Le sue preghiere, o meglio, i suoi sproloqui in dialetto, spesso carpigiano alternato ad accenti modenesi, erano dirette al raccolto, di conseguenza

alle pance dei suoi familiari, quindi si sentiva in pace con se stesso per i suoi propositi concreti.
Dopotutto la fede era sinonimo anche di questo.

– Mo pensa te, a-i-ho mia tèimp per la cesa!

Ettore mugugnava spesso queste parole, al segnale dei rintocchi del campanile: non aveva tempo per la messa, né per ascoltare le parole del prete di turno; lui andava al sodo, sempre, con il suo trattore e con la sua cocciutaggine.
Ettore guidava avanti e indietro il trattore azzurro marcato 'Landini', seguendo con l'aratro l'andamento irregolare del suo appezzamento di terra, coltivato alternativamente a insalata, patate, cipolle e pomodori. Il suo lavoro era faticoso, ma soprattutto incerto. Questa era la sua preoccupazione principale: coltivare quello che sarebbe stato il loro cibo quotidiano che, come in altre case simili alla loro, era sinonimo di ricchezza, di vita stessa.

– Dio, a dire la verità ti devo chiedere una cosa: i bambini hanno memoria, non permettere loro di ricordarsi i brutti momenti, dona a tutti protezione divina: che siano sempre sorridenti e sani.

I monologhi di Ettore si alternavano tra il

rovesciamento di una zolla e l'altra, nella speranza che, almeno una volta, il suo Dio lo avrebbe ascoltato, o comunque gli avrebbe riservato maggiori attenzioni.

Mentre la sua mente divagava tra un pensiero e l'altro e i suoi occhi erano fissi sui movimenti dell'aratro arrugginito ma funzionante, Emilia e Astolfo non mancavano, spesso involontariamente, di fare arrabbiare Ettore.

– Per l'amor di Dio, Emilia a gh mancarév èter, - urlò improvvisamente Ettore, nel vedere che Emilia si era avvicinata troppo ai denti dell'aratro. - Forza, è tardi, tornate a casa e lavatevi le mani. Emilia, bisagna però te-t cambi vistî, non ho mai visto una bambina così malconcia: la tua mamma non sarà per niente contenta; sei riuscita a sporcare l'unico vestito della festa!

Era domenica e, contrariamente alla legge divina, Ettore lavorava anche il settimo giorno di ogni settimana. Tutti i giorni, ininterrottamente: vita e lavoro nei campi non subivano sospensioni temporali, erano una cosa sola, un obiettivo comune. Tutta una questione di sopravvivenza. Oltre al lavoro col trattore, Ettore faceva il mugnaio dedicandosi appunto al vecchio mulino, producendo e vendendo sacchi di farina agli abitanti e ai

negozianti in zona. In questo veniva
aiutato da suo figlio Giuseppe e dal nipote Astolfo il
quale, quando non era a scuola e neppure con
Emilia, cercava di spostare i sacchi da un granaio
all'altro, suddividendoli per destinazione e
consegna. Astolfo rimaneva incantato dal percorso
guidato che la farina, come prodotto finale, seguiva
per arrivare direttamente dentro ai sacchi di yuta,
pronti per lo smistamento. I cereali venivano infatti
macinati a pietra naturale: la farina nutriente,
digeribile e profumata scivolava dalle bocche
dell'apposita strumentazione in maniera fluida e
leggera, lasciando un contorno biancastro attorno a
tutto ciò che era nei paraggi, anche su Astolfo.
"La farina del nonno" era l'etichetta del prodotto
finito, ma, soprattutto, la base principale dei pani
che le donne di famiglia usavano cuocere sul fuoco
del grande camino di casa Balugani. Non mancava
mai il profumo di pane, quest'ultimo molto spesso
abbrustolito dalla dimenticanza accidentale di
Astolfo e dei suoi fratelli: l'alone caldo ed affumicato
si posava sui loro vestiti, anche su quelli appesi ad
asciugare ad un filo tirato in mezzo alla sala
principale, da parete a parete, dove appunto la
calura delle fiamme del camino faticava ad arrivare,
lasciando tutta la biancheria asciutta solo a metà. Il
pane continuava a lievitare, mentre i ceppi ancora
umidi scoppiettavano in un ritmo alternato tra

scintille e residui di vecchie ceneri.

Assieme ai fratelli e alle sorelle, Astolfo si sedeva con le gambe incrociate a terra davanti alla bocca del camino, seguendo momento dopo momento il lievitare e la cottura dell'impasto. L'ambiente intorno a loro tentava di rendere le pareti calde ed accoglienti, come alla ricerca di una confortante sensazione di tepore ed intimità familiare. Tutti sembravano essersi riuniti davanti alla recita di burattini che prendevano forma e colore improvvisamente, come la storia che le loro bocche si inventavano ogni sera nel vedere crescere di volume i panetti, questi ultimi pronti per essere custoditi, come i personaggi importanti di una storia di fantasia, tra le pieghe delle pezze di cotone e lino: il rifornimento per i giorni a seguire. Le incognite dei raccolti facevano sì che anche il pane rinsecchito, preservato nei giorni successivi alla cottura, fosse buono come il primo giorno.

Durante questi momenti, Astolfo si alzava in piedi a metà cottura e apriva la finestra per permettere ai flebili raggi solari di alimentare il calore, come se il caldo unito ad ulteriore caldo naturale producesse un effetto migliore sulla lievitazione. Molto spesso in questo frangente e nella stagione giusta, il profumo evaporato di fermentazione e maturazione del mosto cotto si faceva insistente, proveniente dalla campagna circostante, assieme alle note legnose di botti tenere e porose invecchiate nel loro percorso balsamico. Nel seguire la scia del profumo pungente e antico, il naso di Astolfo puntava contro la trasparenza del vetro, la quale sembrava riflettere le lingue del fuoco che, nel loro unirsi e allontanarsi con il luccichio del calore che bruciava ardentemente, assumevano la sagoma di una bambina dal vestito dorato e dalle scarpette rosse, le cui suole piano piano andavano consumandosi fino alle ceneri.

Come una cornice che riusciva a rendere l'opera ancora più memorabile e realistica, la campagna emiliana faceva da sfondo a tutto ciò, semplice e grigia nella sua piattezza territoriale. Carpi e la sua periferia erano caratterizzati da un intreccio di campi e canali allagati, casali e stalle in pietra, lunghi viali padroneggiati da alti pioppi e carpine, orti coltivati a verdura e alberi da frutto, vigne controllate da esseri inanimati vestiti da spaventapasseri. I colori della terra emiliana si distinguevano nelle sfumature verdeggianti di prati e nelle corolle gialle di colza della primavera inoltrata, nei toni delle rose e dei fiori di pesco della piena estate, nelle ombreggiature di foglie caduche dell'autunno inoltrato, per poi terminare nelle distese innevate delle cime dell'Appennino che si stagliavano sullo sfondo modenese in avanzato letargo invernale. Nonostante l'apparente monotonia del paesaggio, il territorio e i suoi abitanti sapevano stranamente dosare tranquillità quotidiana e curiosità per l'evoluzione della natura.

Oltre a giocare con Astolfo, a studiare diligentemente e a parlare con la sua bambola, nel suo tempo libero Emilia amava sedersi accanto a suo padre di nome Zeno, il quale lavorava il truciolo con mani abili anche se logorate dal lavoro e dal peso del tempo.

Zeno Braghiroli, come l'anziano Ettore, lavorava tanto senza quasi mai interrompersi ma, al contrario di quest'ultimo, non era così portato per lavorare nei campi o all'aperto. Infatti le sue mani si adoperavano ogni giorno per l'arte e il commercio del truciolo, producendone dapprima ceste e canestri poi cappelli di paglia. Le giornate di lavoro erano intense e, spesso, Zeno si lasciava andare nelle sue esclamazioni dialettali con chi aveva vicino. Non permetteva tanto che le persone si distraessero dal proprio lavoro, neanche i familiari, né tantomeno i conoscenti.

– Vèe Balùg! Mêtêt chiét!

Il padre di Emilia riprendeva spesso Astolfo, il quale, nei pomeriggi in cui non era obbligato ad andare a scuola, veniva mandato là dai suoi genitori, perché imparasse l'arte del pagliaro.

Da quando frequentava i suoi vicini, Astolfo aveva iniziato, per niente disinvolto e sempre distratto, ad invitare Emilia nelle sue corse all'impazzata fuori nei campi. Nulla di più se non correre senza una meta precisa, ma comunque libera. Astolfo giungeva nella casa dei vicini presentandosi sempre nella stessa maniera: un imprevisto ed improvviso rumore di ghiaia smossa, di là dalla siepe alta un metro e mezzo posta all'angolo dei due vialetti confinanti, giungeva dalle finestre aperte alle orecchie dei Braghiroli, che allungavano lo sguardo in direzione di quello scalpiccìo giusto in tempo per vedere un piccolo monello in braghe corte, madido di sudore a causa della corsa, svoltare l'angolo ed arrestarsi di fronte al laboratorio dove la famiglia Braghiroli lavorava il truciolo.

Astolfo era un ragazzo molto vivace, scoordinato nei movimenti, energico quando si trattava di giocare a nascondino, ma allo stesso tempo desideroso di apprendere in fretta l'attività che amava di più: lavorare il truciolo, era diventato per lui la sua missione. Oltre le note pungenti e allo stesso tempo dolci di aceto balsamico, adorava il profumo di salice e di pioppo appena tagliati, punti di riferimento di quell'arte.

– Bèda Astolfo, a m'arcmànd, l'è la cà dla Sgnora Braghiroli, fa a mod e fa qual ch'it disen!

Erano le esortazioni di suo padre, che non mancavano mai di assisterlo, prima che chiudesse la porta per raggiungere i vicini.

– Vèe braghér!

Astolfo si divertiva comunque a rispondere alle parole di Zeno, uniche parole che rivolgeva con estrema ilarità a quest'ultimo e uniche parole in dialetto che riusciva a ripetere, perché riproducevano i suoni del cognome della famiglia di appartenenza.
Il gioco di chiamarsi "balugo", guercio e "baghero", persona curiosa, era simpatico e ciò piaceva ad entrambi: una sorta di presa in giro sull'etimologia dei propri cognomi e delle proprie radici, profonde quanto la loro passione per il truciolo, da cui si ricavavano trecce di paglia per la confezione soprattutto di cappelli.
In questo contesto quotidiano andavano e venivano le cosiddette donne partitanti, di famiglia e anche figlie di contadini, che si occupavano di distribuire i mazzetti di paglie alle trecciaiole e di riprendere le trecce confezionate, per poi portarle alle case incettanti che, una volta ricevute le trecce, le trattavano, le cucivano e formavano i cappelli di paglia, per poi spedirli ai clienti della zona.
Lavorare il truciolo era come assistere alla creazione

di un'opera d'arte attraverso la conoscenza manuale e l'abilità di più operanti, prodotta da mani attente che ripetevano gesti e movimenti senza mai distrarsi. Proprio nello scambio tra partitanti e trecciaiole nascevano spaccati di vita che riproducevano la quotidianità contadina carpigiana: famiglie allargate che conversavano e passavano le giornate creando sintonia, anche nelle avversità. Tutto era di tutti, le storie dell'una erano note alle altre, le necessità dei vicini di casa diventavano pensieri di tutti gli altri della famiglia: condividere nel bene e nel male, nella vita come nel lavoro che sostentava tutta la cittadina di Carpi.

Tale arte consisteva infatti nel ricavare dal legno soprattutto di salice, tenero e flessuoso, dopo averne tolto la corteccia, delle sottili strisce che si potevano intrecciare fra loro. Il tutto veniva svolto manualmente, con una certa abilità del trecciaiolo nel tagliuzzare le strisce con una roncola affilata o un lungo coltello, che veniva fatto scorrere dall'alto al basso del ramo o del pezzo di tronco, con la lama che incideva il legno dal lato superiore fino a quello inferiore per ricavarne appunto dei sottili paioli. Erano questi infatti che venivano dati alle donne perché li intrecciassero e ne ricavassero lunghe trecce da cucire per poi ottenerne cappelli.

I dialoghi tra le trecciaiole riempivano le ore di intenso lavoro, anche a casa Braghiroli.

- Gianna, - chiese Loretta, moglie di Zeno, alla sua amica d'infanzia. - Mi allunghi quel cesto di trucioli, per favore?

- Certamente, eccolo, ce ne sono ancora tanti da lavorare, non so se finiremo per tempo. Le partitanti verranno domani mattina presto, perché la consegna deve avvenire entro la giornata.

Gianna era preoccupata di non riuscire a finire come da accordi presi; le sue mani avevano iniziato ad essere incerte nei movimenti, le dita stanche e rallentate iniziavano a dolere per le ore ininterrotte di lavorazione dei trucioli. Infatti sin dalla mattina presto, all'alba, il solito gruppo di trecciaiole si riuniva con loro due per finire le consegne. Di norma si sedevano, spesso all'aperto quando sorgeva il sole, su sedie di legno impagliate disposte a cerchio, ove al centro era un'ulteriore sedia su cui venivano disposte le trecce man mano che venivano perfezionate. A terra, cesti di trucioli in attesa di essere lavorati. Una volta sistemate, le donne si sedevano
cercando una posizione comoda per la lavorazione, per poi abbassare il volto e lo sguardo sulle loro mani, ingiallite dal legno di truciolo.

- Gianna, non ti preoccupare, oggi dopo la scuola

arriveranno anche le mie figlie Matilde e Lucia. Sono molto brave, hanno imparato in fretta e poi le loro mani sono giovani e veloci.

Loretta aveva iniziato da piccola ad aiutare sua madre, anch'essa trecciaiola, ragion per cui era abituata agli intensi ritmi di lavoro.

– Ma rimangono un sacco di trecce ancora da confezionare!

Gianna non era convinta, era sempre stata pessimista e questa sua caratteristica, in questi frangenti, di certo non aiutava.
Proprio in quel momento, entrarono inaspettatamente due partitanti:

– Buongiorno!

– Buongiorno, – rispose subito Gianna, con un pizzico di sfrontatezza e inquietudine. – Non che non siate benvenute, ma a dire la verità vi aspettavamo domani.

– Ah ah Gianna, certo, – esordì Rina, la più anziana delle due. – In effetti il ritiro è previsto per domani, ma siamo venute a prendere quello che avete già di pronto, la consegna è veramente urgente.

- Ormai ti conosco, Rina, - intervenne subito Loretta, continuando a intrecciare, mentre cercava di distrarre Rina dalla sua urgenza. - Vieni, siediti con noi prima di andare. Raccontaci un po', come stanno le tue figlie? Ho sentito che una sta imparando il nostro mestiere e l'altra vuole diventare una sarta.

- Sì, proprio così, - rispose Rina, mentre con gli occhi teneva sotto controllo la cesta delle trecce, che stavano aumentando di volume. - Graziella, la piccola, vuole già venire con me per aiutarmi nelle consegne, mentre Olga vuole realizzare il suo progetto: disegnare i suoi modelli, per poi ritagliarli e confezionarli; ha fatto solo qualche prova finora, con sua sorella, ora vuole realizzarli per davvero.

- Ottimo, - continuò Loretta, mentre Gianna e le altre, compresa la seconda partitante, erano immerse nella preparazione e suddivisione dei mazzi di trecce. - È sempre bello sapere che le bambine hanno delle aspirazioni.

- E tu, Loretta, - continuò la partitante. - Cosa mi racconti? Zeno sta bene? E le tue figlie?

- Diciamo di sì, stiamo bene, anche quando il raccolto di Ettore, benedetto da Dio, ci dispensa cibo per solo qualche giorno... - Loretta era timorosa di

Dio e lo nominava spesso, nella speranza che non li abbandonasse mai, non solo nel momento del bisogno. – Sai, Ettore e la sua famiglia ci sono spesso vicini, nonostante anche loro fatichino nel sostentamento.

– Certo, capisco, sono momenti incerti per tutti. Ah, a proposito, ho visto poco fa Emilia che correva a piedi nudi con Astolfo, il nipote di Ettore. Ha perso questa treccia, si vede che l'aveva con sé e le deve essere caduta. Che birbante, non l'ho mai vista ferma, quella bambina!

Rina si avvicinò a Loretta, allungandole la lunga treccia che aveva arrotolato e messo in tasca prima di entrare.
Tra una chiacchierata e l'altra, le trecce per le partitanti erano state terminate per tempo, contrariamente ai dubbi di Gianna.
Queste erano scene che si ripetevano spesso a casa Braghiroli, una dopo l'altra andavano a riempire gli occhi e la memoria delle sette figlie. Da qui, appunto, la passione, soprattutto di Emilia, per i capelli: quelle sottili falde di legno sollevate dalla pialla, che diventavano riccioli biondi, arredavano i suoi sogni di bambina, tenendoli vivi e profumati.
La sua fantasia proiettava vivide immagini sui lunghi viali costeggiati da alberi quali il pioppo che, come

snelli fotografi intenti a cogliere l'attimo di una passerella all'ultima moda, facevano da sfondo ad Emilia nella sua sfilata immaginaria, dove il suo cappello di paglia preferito le donava un profilo grazioso e sorridente. Ad aggiungere garbo alla sua figura, un paio di lunghe trecce bionde impagliate di nascosto le contornavano il volto paffuto e color porcellana.

– Al g'a scancrèe atàc trée óri! Tòla dòlza eh!

Zeno borbottava spesso, riferendosi ad Astolfo, quando si accorgeva che quest'ultimo si distraeva dal lavoro per osservare sua figlia con occhi innamorati e poco più che adolescenti, la quale amava fare le trecce, oltre che con la paglia, anche con i capelli delle sue sorelle. Ma non solo, anche alla sua tanto amata bambola Betty. L'unica, quella dai capelli lisci e biondi che, a causa di un piccolo litigio con una delle sue sorelle maggiori, era rimasta senza un braccio, una gamba e con la guancia segnata come da una cicatrice. I genitori non avevano i soldi per comprare dei giocattoli, né tantomeno delle bambole nuove, pertanto la sua Betty dagli occhi azzurri e dalle palpebre mobili era assolutamente perfetta, anche con le sue mancanze plastiche fisiche. Era affezionata a quella bambola, non se ne sarebbe mai privata per nessun motivo.

Dormiva con lei ogni sera, raccontandole tutte le sue storie come si fa con una compagna di viaggio, storie vere ed inventate. Una bambina ha il diritto di appropriarsi della sua fantasia e di farne ciò che vuole, anche con la sua bambola. Si lasciava andare nelle sue digressioni scomposte, sussurrandole ogni tanto qualcosa all'orecchio senza che nessuno la riuscisse a sentire.

Dopotutto, Emilia era convinta che i segreti andassero comunicati almeno ad una persona di fiducia, oltre che con i genitori, che riusciva a proteggerla e ad accondiscendere alle sue richieste sempre, prima di addormentarsi. Grazie a Betty, i suoi sogni avevano il sapore di zucchero e pane lievitato, ben amalgamati e di buon auspicio. Sapeva che Betty era una bambola senza il dono della parola e con lo stesso sguardo ogni giorno, ma era la sua bambola, quella cresciuta con lei e le sue aspirazioni, quella che si addormentava prima di lei sotto le coperte e che era la prima a ritrovarsi sveglia per terra con le palpebre sbarrate, con un'unica gamba che sbucava dalla gonna fatta all'uncinetto dalla cara nonna Adele e con le trecce spettinate. La bambola continuava comunque ad esprimere la sua perfezione, era impeccabile, ma non poteva assolutamente rimanere con la pettinatura disfatta. Quindi Emilia si alzava, la raccoglieva da terra, la accarezzava baciandola sulla guancia rosea e, trascinandosi con le sue gambette appena sveglie verso il letto delle sue sorelle maggiori, iniziava ad elencare le sue mille domande mattutine, aggiungendo "perché?" ad ogni risposta. Era per lei un rituale giornaliero porre le stesse domande alle sorelle, soprattutto sull'arte di come diventare una brava trecciaiola, così avrebbe messo a posto prima le trecce di Betty e poi quelle di paglia per loro padre.

– Emilia, devi avere pazienza. Per imparare ci vuole tempo, – spiegava Amalia, la maggiore. – Ma nulla è impossibile. Il papà vuole che impariamo tutte, così, un domani, avremo di che sostentarci e, magari, anche un'attività di successo; ma prima di tutto dobbiamo studiare l'arte, che non è cosa semplice.

– Perché non è semplice?

Emilia aveva ascoltato con attenzione le parole della sorella, mentre le altre, tra le quali Matilde e Lucia, stavano stirando le loro membra ancora assopite. I suoi "perché" avevano appena iniziato a mettersi in fila uno dopo l'altro, alla ricerca di una risposta soddisfacente.

– Perché bisogna seguire delle istruzioni precise. Ecco, ti spiego come si fa, ma non interrompermi sempre, eh! Altrimenti non finiamo più.

Amalia ogni tanto s'infastidiva, perché sapeva che la sorellina non ne aveva mai abbastanza.

– Allora, avvolgi la treccia sul passo, lo strumento di legno che serve per determinare la lunghezza delle trecce ed uniformarle. Tutte le trecce devono risultare di pari lunghezza. Quando pensi che la treccia sia sufficientemente lunga, la devi avvolgere sul passo per il numero di volte stabilito, più o meno una ventina di passi.

Erano queste le parole rassicuranti che la sorella maggiore ripeteva ad Emilia, cercando di insegnarle il mestiere e la passione.
Le domande di Emilia iniziavano al mattino, per poi continuare nel laboratorio di famiglia dove spesso Astolfo le faceva compagnia, mentre quest'ultimo rimaneva in ascolto, distratto dalla grazia dei movimenti e dalla cura di Emilia nel dedicarsi a quell'arte.
Emilia ed Astolfo erano ragazzi cresciuti umilmente in luoghi dove il profumo di paglia trattata giungeva alle loro narici assetate di quei trasparenti riccioli che folate di vento spostavano da un mucchio all'altro sul pavimento.
Si divertivano spesso a soffiare sui trucioli per

vederli volare come fossero fiocchi di neve dorata, simulando vortici di polvere magica animati da incantesimi improvvisati con estremo tempismo. In questo gioco lo scambio casto di sguardi intuitivi era la loro forza.

Oltre che nel "Laboratorio Braghiroli", così conosciuto dai compaesani carpigiani, Emilia si intratteneva a casa con sua mamma Loretta, soprattutto quando quest'ultima tirava la sfoglia:

– Ahh, savér fèr la sfóia a man: farèina, óv, sèl fin… vieni, Emilia, che ti insegno a fare la sfoglia; prendimi al tulér e la canèla… sì, Emilia, il tagliere e il mattarello.

Un giorno i genitori di Emilia invitarono Astolfo in casa per offrigli un lauto pasto pomeridiano, dopo il lavoro al laboratorio.

Per raggiungere casa Braghiroli, Astolfo come ogni giorno doveva attraversare filari di uva ed alberi da frutto, su una strada sterrata illuminata da lanterne sistemate su trespoli di legno per l'occasione, poiché la "fumana", la tipica fitta nebbia emiliana, aveva già raggiunto la sua massima densità e saturazione.

Nel suo breve cammino accompagnato dal lieve fruscio delle chiome allungate dei carpine e con lo sguardo rivolto verso il cielo tinteggiato di bianco,

Astolfo pensò che c'erano luoghi dietro casa sua a cui non faceva spesso caso, un po' per abitudine un po' perché a lui non sembravano assolutamente belli e decisamente di scarso interesse, sarebbe invece bastata un po' di immaginazione per vederli al contrario meravigliosi.
Nella sua giovane mente gli sovvenne un ricordo, le parole di sua madre, Cesira:

– Ricordati che le cose più semplici sono quelle più belle, quelle che lasciano il segno.

Quel pomeriggio, Astolfo portò con sé un pacchetto, era il suo regalo per Emilia: all'interno vi era una collana fatta di trucioli; ogni pezzo di ricciolo conteneva una lettera incisa che, unita alle altre, formava una frase in segno del suo amore:
'Il mio amore per te non è un fuoco di paglia'.
Frase alquanto audace, per un ragazzo della sua età, ma piena di quel sentimento che le prime infatuazioni sapevano trasmettere al cuore di fanciulli come lui.
Con quel gesto Astolfo voleva dare voce ai suoi desideri, che permeavano i suoi sogni tenendolo spesso sveglio di notte al pensiero di vedere Emilia.
Il suo incanto per lei era tale da dargli la certezza di un amore corrisposto, d'altronde lei arrossiva spesso ai suoi sguardi puri e fanciulleschi.

Quel giorno Astolfo tornò a casa contento per almeno due motivi: aveva ricevuto un vassoio di caplét da portare a casa e condividere con i suoi fratelli, ma soprattutto perché il bacio di Emilia era schioccato sulla sua guancia in segno di ringraziamento e condivisione di quella bellissima giornata.

Ma non solo, quel giorno rimase memorabile perché Astolfo era riuscito a superare il suo imbarazzo e la sua goffaggine. Dopotutto la teoria e la pratica per essere funzionali dovevano essere semplici, quindi anche il suo approccio con Emilia. Lo spazio e il tempo avevano preso una piega diversa quel giorno, era destino. Si sentiva di trattare quel giorno diversamente dagli altri, voleva che qualcosa di nuovo e, comunque, di bello succedesse. E così fu.

– Emilia, te l'ho detto che ho visto una rana enorme ieri? Una paciana: un ranocchio gonfio, grasso, impacciato, lento e che nel muoversi emetteva il suono della fanghiglia umida.

La vista di quell'essere anfibio lo aveva leggermente inquietato e, allo stesso tempo, incuriosito; mentre poneva la domanda, egli non riusciva a stare fermo con le mani, intente a lisciare i fili d'erba su cui erano seduti, adiacenti al vecchio mulino di suo nonno Ettore.

– Davvero? E che faccia aveva? – Domandò subito la piccola, con gli occhi spalancati come se stesse immaginando la forma dell'animale verde. – Ma perché era grande?

Ovviamente non mancava mai di aggiungere un 'perché' alla fine delle sue parole, come d'abitudine, per la sua caparbietà nel volere capire le motivazioni di quello che le accadeva intorno; la sua curiosità era tanta, come il numero infinito delle stelle che, ogni sera, cercava di contare puntando il dito verso il cielo.

– Era grande perché si vede che ha mangiato troppo.

Se ne convinse Astolfo, cercando a sua volta di essere esaustivo con la sua piccola interlocutrice.

– Ah sì, certo, anche io quando di domenica mangio i cappelletti della mamma sono piena come un uovo! Capito, ovvio, – proseguì Emilia, convinta di quelle parole, mentre con una mano cercava di lisciarsi le trecce finte e con l'altra faceva dondolare la lettera 'A' della sua nuova collana dorata. – Ovvio, la pancia mi si allarga come quella della rana!

– Emilia, vieni, voglio farti vedere una cosa, corri!

Astolfo cambiò discorso alzandosi di scatto e, senza pensarci due volte, si diresse verso il mulino. Nel correre, inciampò e cadde per poi rialzarsi con le ginocchia sbucciate, nella speranza che Emilia non si accorgesse di quell'impaccio, di cui si vergognava. Gli capitava spesso di cadere quando prendeva delle decisioni, di qualsiasi genere, anche quelle di convincere Emilia semplicemente a seguirlo.

– Ar-ri-vo! Aspettami, dove stai andando?

Senza ricevere risposta, Emilia capì la direzione delle intenzioni di Astolfo.

– Sono qui, vieni, – la voce del compagno si fece sempre più lontana ed ovattata, per poi scomparire in un silenzio assoluto. – Emilia, qui, mi vedi?

– Dove, Astolfo? Non ti vedo!

Anche se Emilia aveva perso di vista Astolfo, sapeva di potersi fidare, perché lui aveva sempre qualcosa da insegnarle e, dopotutto, lei si divertiva in sua compagnia: Astolfo sapeva come rispondere ai suoi perché, era delicato e fantasioso, caratteristiche che la incuriosivano.

– Buh!

Ad un tratto Astolfo sbucò fuori da un mucchio di farina, completamente imbiancato come un piccolo fantasma, tranne nella zona delle ginocchia, nella quale s'intravedeva un colore rossastro, dovuto alla sbucciatura.

– Ah! Bellooo!

Esordì Emilia, con le parole dell'incanto tipiche della loro età.
Nulla di eccezionale stava capitando loro, bensì semplicemente la vita stessa li stava facendo sorridere insieme nei loro giochi di tutti i giorni. La vita in terra emiliana era proprio così: semplice nella quotidianità, ma ben radicata nelle relazioni umane. I loro sguardi non si distoglievano con l'immensità e la grandezza, immediate e piene di parole, bensì con il particolare, che sprofondava nei loro cuori in maniera casuale e curiosa, quei particolari di ciò che li circondava che risultavano invisibili agli occhi altrui ma densi di sapore per loro.
Quell'incontro fu uno degli ultimi, purtroppo la seconda guerra mondiale li divise, portando devastazione e dolore ovunque.
Le ronde nazi-fasciste e i bombardamenti lasciarono inevitabilmente le loro impronte, diffondendo terrore e morte in ogni angolo di strada e del cuore degli abitanti. Le famiglie si divisero, i nonni

morirono di stenti, i padri divennero prigionieri di
guerra senza fare più ritorno, le madri morirono di
dolore e vecchiaia, i figli seguirono strade diverse,
perdendosi tra le pene e le difficoltà del tempo e
ritrovandosi addolorati per le perdite subite. Emilia
ed Astolfo non riuscirono a salutarsi quel giorno:
scappare fu l'unica sopravvivenza apparente, mentre
le S.S. iniziavano a prendere possesso di ogni
briciolo delle loro vite.

Passarono gli anni, i decenni e Carpi continuò la sua
storia, rialzandosi da un passato funesto ed
abbracciando la speranza di ritrovare quello spazio
che si era ritagliata nell'ambito della
manifattura e dell'agricoltura.

Dopo la devastazione della guerra, tutti cercarono di
ricostruire le strade, le case e i loro ideali. Il
cammino fu impervio, ma Carpi cercò di riprendersi
quanto aveva messo da parte prima del diffondersi
degli assassini nazisti.

– A-s vad ch'l'è un bel pòch ch'a strichê la zengia…
i-s disen che la crisi l'è finida.

Queste erano le parole che si udivano tra un casale
di campagna e l'altro, mentre le famiglie cercavano
di ricostruire mattone dopo mattone i loro desideri
di vita.
I cambiamenti del costume dovuti ai postumi della

guerra portarono una progressiva riduzione della domanda di prodotti legati alla lavorazione del truciolo e della paglia, sostituendola con la produzione e confezione di maglie con filati di ottima qualità. Le falde di truciolo andarono consumandosi, esaurendo le aspettative economiche dei piccoli imprenditori e contadini. Con estrema lentezza nel tentativo di resuscitare dalle profondità del baratro lasciato dalle lotte ostili, la lavorazione della paglia fu sostituita dall'utilizzo e dal commercio di filati pregiati, i quali iniziarono la loro scalata nei nuovi maglifici di Carpi, consolidati dai figli dei contadini vissuti negli anni precedenti la seconda guerra mondiale.

***

– Nonna, – chiese la piccola Elena, tutta concentrata sulla sua merenda. – Dov'è il nonno?

– Il nonno Astolfo è un birichino! Invece che aiutarci qui in cucina a preparare il pranzo di domenica, ha preferito raggiungere la nostra lavorante per portarle le maglie da confezionare!

Il sorriso di Emilia si allargò, nel vedere il faccino perplesso della sua amata nipotina.

– Scherzo, amore, il nonno ha dovuto assentarsi da casa perché domani dobbiamo consegnare l'ordine, ti ricordi? Quelle belle maglie colorate che ricordano il blu del mare!

Elena non rispose subito, si diresse a passo svelto verso i suoi giochi senza prestare molta attenzione alla risposta per lei del tutto insensata della nonna. Si chinò e, tra il mucchietto di giocattoli, raccolse un piccolo cappello di paglia e la sua collana preferita:

– Nonna, guarda, – disse Elena, cercando di attirare l'attenzione di Emilia guardandosi davanti allo specchio. – Lo sai che il nonno mi ha raccontato una favola? Inizia così: c'era una volta un principe che regalò la collana dell'amore alla sua principessa, la quale indossava il cappello dei sogni...
Proprio in quell'istante, il nonno si inserì nel discorso, poiché era arrivato già da qualche minuto ed aveva origliato le parole della piccola, mentre si stava spogliando del cappello e del cappotto.

– ... ma un giorno, – proseguì Astolfo appena rientrato a casa, volgendo lo sguardo in direzione di Emilia, che arrossì come ai vecchi tempi. – Un giorno la principessa fu rapita da un enorme orco perfido, lasciando il principe in uno sconforto infinito.

- Nonnone, sei arrivato!

Elena volse gli occhi, seguendo l'avvicinarsi del nonno al divano, dove la piccola stava distribuendo tutti i giochi, tirandoli fuori dalla cassetta rivestita di un tessuto stampato di fiori rosa che riportava l'etichetta di una nota impresa di Carpi.

- Eccomi, sbaciùcchiòla, - rispose il nonno, con l'appellativo preferito per chiamare la nipotina, o qualsiasi essere con cui c'era un forte legame, paterno o generazionale.

- Nonnone, mi racconti la tua storia? Ti dò il mio cuscino così stai comodo, è quello con il mio orsetto preferito; lui mi fa fare tanti bei sogni, sai?

La piccola tentò d'incrociare le gambe tornite e di togliersi le calzette viola.
Si ricordava quello che le aveva detto sua nonna Emilia: 'con i piedi nudi è molto più facile sognare'.
Dal giorno in cui aveva imparato quella frase, Elena faceva sempre quel gesto, in ogni momento in cui riteneva dovesse essere fatto: in quell'istante voleva sognare, ascoltando la sua storia preferita, la prima che sin da quando era in fasce, i nonni usavano raccontarle per addormentarla.

- Grazie, sbaciùcchiòla. Nonna, tu non vieni ad ascoltare? Elena, dì qualcosa alla nonna.

Astolfo sorrise, sapendo che la nonna era in cucina alle prese con il pranzo.

- Nonnona, - chiamò subito la piccola. - Il nonnone ti ha chiamata, vieni qui anche te!

- Arrivo. Comunque da qui vi sento. Ho i cappelletti sul fuoco, - asserì Emilia, cercando comunque di stare attenta: col mestolo pronto in una mano e con il corpo leggermente voltato verso la sala, in ascolto. - Se mi distraggo troppo, i cappelletti si spappoleranno nel mio brodo di gallina!

- Nonnone, la nonna non viene. Raccontami la tua storia, dai, voglio che me la racconti!

Elena insisteva, oramai non riusciva a stare ferma: da una parte era ancora presa dai suoi giochi, dall'altra, però, iniziava ad essere veramente stanca.

- Sì, sì, ora te la racconto... dov'eravamo rimasti? Ah sì, ecco: un giorno, purtroppo, la principessa fu rapita da un enorme orco cattivo e il principe divenne triste. Il principe e la principessa erano talmente innamorati, che il loro intenso legame lasciò un profondo segno nei loro cuori, i quali si unirono nuovamente quando l'esercito del principe innamorato sconfisse il grande orco cattivo. L'orco morì, avvolto dalle lunghe fiamme di un fuoco di cappelli di paglia e trucioli magici, – continuò a raccontare il nonno, il quale cercava sempre di camuffare i duri tempi della guerra con le sembianze di un orco enorme e cattivo, mentre i teneri occhi della nipotina iniziavano ad essere stanchi ed assonnati. – Il principe e la principessa si riappropriarono così del tempo e dei loro desideri.

Nonno Astolfo terminò il racconto, allungando lo sguardo verso la sua Emilia.

– E vissero per sempre felici e contenti.

Elena concluse con la frase rituale, per poi scivolare nel sonno, sdraiata sul divano, con il cappello appoggiato al suo fianco e la collana di antichi trucioli stretta tra le sue piccole mani.

Note biografiche

Elena Coppi è nata a Modena il 17 febbraio 1973, è sposata e vive a Carpi.
Laureata in Lingue e Letterature Straniere all'Università degli Studi di Parma, nel tempo libero si dedica al volontariato come clown di corsia di ospedale e alla scrittura, principalmente di racconti brevi e romanzi, con l'obiettivo di creare e donare al lettore quell'incanto che, con il proprio io bambino, si prova nel meravigliarsi davanti alla semplicità della vita e ai ricordi di famiglia.
Da maggio 2013 ha iniziato a partecipare a molteplici concorsi letterari nazionali, con esiti positivi per la pubblicazione e la premiazione. Lo stile ricercato e ricco di espressioni poetiche conduce il lettore a immagini profumate e colorate, stuzzicate ogni volta da tutti i sensi, trasportandolo immancabilmente sulle basi di una musicalità leggera e fresca. – La fortuna dell'essere una scrittrice principiante ma continuamente appassionata mi aiuta a mantenere vivo quell'incanto - ci dice Elena con i suoi scritti attraverso uno stile che non ama definirsi di genere - Scrivo perché con le parole riesco a attraversare spazio e tempo in un unico istante, come se avessi il potere di fare incrociare immagini, significati e destini attraverso la preziosa macchina del tempo che è il dono della scrittura.

Premi

> Maggio 2013 – Partecipazione con la poesia intitolata "Luce d'intelletto, gentilezza di cuore" al III Concorso di poesia (inedita) "Versi in volo" e selezione per la raccolta delle poesie meritevoli di pubblicazione. "La città", AA. VV. edito da Sensoinverso Edizioni di Ravenna (ISBN 9788867930388), I edizione luglio 2013;

> Maggio 2013 - Partecipazione con la poesia intitolata "Luce d'intelletto, gentilezza di cuore" al IV Concorso nazionale "Poesie d'amore" (edite e inedite) indetto da A.L.I. Penna d'Autore e selezione per la pubblicazione dell'Antologia "Poesie d'Amore".
Raccolta stampata nel mese di agosto 2013, copyright di Poeti Contemporanei proprietà letteraria riservata con grafica di pertinenza di A.L.I. Penna d'Autore;

> Luglio 2013 – Pubblicazione con casa editrice Pagine s.r.l. di Roma della "Collana Racconti 14: nuovi autori contemporanei", raccolta di 13 autori contenente 3 dei suoi racconti brevi (ISBN 9788868193140), sia in versione cartacea che in forma e-book in vendita su amazon.it, con quarta di copertina scritta da Pier Giorgio Francia;

> Luglio 2013 – Pubblicazione con casa editrice Pagine s.r.l. di Roma di "Viaggi di Versi 59: nuovi poeti contemporanei", raccolta di 13 autori contenente 7 delle sue poesie (ISBN

9788868193119), sia in versione cartacea che in forma e-book in vendita su amazon.it, con quarta di copertina scritta da Elio Pecora;

> Luglio 2013 – Partecipazione e selezione con aforisma sull'amore al Concorso letterario internazionale dedicato all'amore "Un libro è passione" indetto dalla pagina facebook "Passione Mediterranea" in collaborazione con la casa editrice Edizioni Galassia Arte con selezione dei primi 200 autori per la relativa pubblicazione su antologia "Passione Mediterranea", AA. VV. (ISBN 9788868310707) uscita ottobre 2013;

> Agosto 2013 – Partecipazione e selezione con nr. 1 racconto breve (1000 battute) intitolato "Nonostante tutto" alla II Edizione del Concorso Fotografico, Poesia e Narrativa a Quattro Zampe dedicato agli animali indetto dall'Associazione EMI Onlus (canile comunale di Varese) per l'inserimento e la pubblicazione (stampa dicembre 2013) su relativo Calendario 2014;

> Settembre 2013 – Partecipazione con nr. 2 micro favole intitolate "L'aquilone che non sapeva volare" e "Dal passante solitario al viaggiatore" alla I Edizione del Concorso nazionale "Volando tra fili d'erba e nubi rosa" indetto da Rupe Mutevole Edizioni. Selezione per la pubblicazione su Antologia "Volando tra fili d'erba e nubi rosa" (ISBN 9788865913338), Collana Fairie ed. Novembre 2013;

> Settembre 2013 – Partecipazione con nr. 1 racconto breve intitolato "Graziella" alla V Edizione del Premio Nazionale La Luna e il Drago con tema "Il Viaggio" e selezione per la pubblicazione su Antologia dal titolo "Il Viaggio come metafora di vita" realizzata dal Caffè Letterario La Luna e il Drago e stampata presso Cromografica Roma Srl per Gruppo Editoriale L'Espresso SpA – pubblicazione ottobre, I ed. (ISBN : 2120010300971);

> Ottobre 2013 – Pubblicazione con casa editrice Pagine s.r.l. di Roma della Collana di Poeti Contemporanei 7 Autori, raccolta di 7 autori che contiene 13 delle sue poesie (ISBN 9788868194314), sia in versione cartacea che in forma ebook in vendita su amazon.it, con quarta di copertina scritta da Elio Pecora;

> Ottobre 2013 – Conferimento speciale "per il pregevole impegno quale protagonista attivo della cultura" a seguito partecipazione e selezione (Sezione Racconto inedito) alla V Edizione del Concorso di Poesia e Narrativa Lui e Lei – Idea Donna dedicata al Premio Nobel Rita Levi Montalcini col racconto breve inedito "Mistero di donna";

> Ottobre 2013 – Partecipazione con nr. 1 racconto breve inedito intitolato "VIXI XXXI" al Concorso di Letteratura Horror "Halloween all'italiana" e selezione per la pubblicazione su e-book omonimo edito da CIESSE Edizioni (proventi

delle vendite in beneficienza alla Biblioteca Nazionale Ciechi "Regina Margherita Onlus" di Monza) – I edizione novembre 2013 in vendita su diversi e-store tra cui amazon.it: (ISBN 9788866601098);

> Novembre 2013 – Partecipazione con nr. 1 racconto breve inedito intitolato "Il Natale ovvero la magia delle pagine mancanti " al Concorso "Le Pagine del Natale" organizzato dall'Associazione Artistico-Culturale Gli Occhi di Argo e selezione per la pubblicazione su relativa Antologia. I edizione dicembre 2013: (ISBN 9788897421467);

> Novembre 2013 – Partecipazione con aforisma intitolato "Vivere l'incanto" al Concorso Nazionale "Giorni da scrivere" bandito da LiberArte, Collana Editoriale di David and Matthaus Edizioni e selezione per la pubblicazione su Agenda 2014 dal titolo "Giorni da scrivere", ed. dicembre 2013.

> Dicembre 2013 – Partecipazione con nr. 1 scheggia (mille parole) inedita intitolata "I giochi e gli effetti speciali di Santa Claus" al Concorso/Contest di Letteratura Horror "Schegge per un Natale Horror" e selezione per la pubblicazione su e-book omonimo edito da Dunwich Edizioni – I edizione dicembre 2013 in vendita su diversi e-store tra cui amazon.it: (ISBN 9788898361144). Disponibile anche versione cartacea su succitati e-store;

> Dicembre 2013 – Pubblicazione con casa editrice

Pagine s.r.l. di Roma della Collana di Poeti Contemporanei 4 Autori, raccolta di 4 autori che contiene 23 delle sue poesie, sia in versione cartacea che in forma e-book in vendita su amazon.it, con quarta di copertina scritta da Elio Pecora, (ISBN 9788868196073);

> Gennaio 2014 – Partecipazione e selezione di 3 "drabble" (100 parole) al concorso letterario "100 racconti in 100 parole a 100 centesimi" indetto da (blog e forum letterario) Inchiostro & Patatine, pubblicazione della relativa raccolta in e-book;

> Gennaio 2014 – Partecipazione con la poesia intitolata "Il ventidue a primavera" al Concorso nazionale di poesia dedicato alla Poetessa Alda Merini "Il 21 a Primavera" indetto da CircumnavigArte e selezione per la pubblicazione della relativa Antologia (ISBN 9788865913567);

> Febbraio 2014 – Partecipazione e selezione di un racconto di 100 parole intitolato "Naso" al I contest letterario "Una rosa e cento spine" indetto da "Wanderer Magazine", in corso di pubblicazione la relativa raccolta;

> Marzo 2014 – Partecipazione con il racconto intitolato "Giallo di calza" risultato selezionato, finalista e premiato al 3° posto al concorso letterario "Mamma Mia!" indetto da Montegrappa Edizioni di Monterotondo, pubblicazione su antologia storica "LES CAHIERS DU TROSKIJ CAFE'." Edizioni Aprile 2014 (ISBN

9788895826332);

> Maggio 2014 – Partecipazione con la poesia intitolata "Naso" al IV Concorso di poesia "Versi in volo" e selezione per la raccolta delle poesie meritevoli di pubblicazione. Edizioni agosto 2014 (ISBN 9788867931170);

> Giugno 2014 – Partecipazione col racconto intitolato "Oh padre!" risultato selezionato al concorso letterario "Oh babbo!" indetto da Montegrappa Edizioni di Monterotondo, pubblicazione su antologia storica "LES CAHIERS DU TROSKIJ CAFE'." Edizioni Agosto 2014 (ISBN 9788895826370);

> Luglio 2014 – Partecipazione con il racconto intitolato "Non fu fuoco di paglia" risultato finalista e selezionato per la raccolta del I concorso letterario "Versi sotto gli rimici" indetto dal Comune di Piaggine (SA). Edizioni Agosto 2014 (ISBN 9788895826356);

> Luglio 2014 – Partecipazione col racconto intitolato "Angelo in rosso" risultato selezionato per la raccolta del concorso letterario "Dritto al cuore" indetto da organizzazione Onlus "Fondazione Bambino Gesù Onlus" a sostegno del progetto "Mettici il cuore". Galaad Edizioni Agosto 2014 (ISBN 9788898722143).

> Settembre 2014 – Partecipazione col racconto intitolato "Benvenuti a Chongqing" risultato

finalista e selezionato per la raccolta intitolata "Viaggi in punta di penna" del concorso letterario indetto da "Fuori dal cassetto" (ISBN 9788891165190);

> Ottobre 2014 – Partecipazione col racconto intitolato "Bianca come tè" risultato selezionato (18 racconti selezionati su 200) per la raccolta di genere erotico "White" del concorso letterario indetto da "Rosso China",Collana Colours vol. 2 (ISBN 9788898380275);

> Novembre 2014 – Partecipazione col racconto breve inedito intitolato "Della divina pelle" al II Concorso di Letteratura Horror "Halloween all'italiana" e selezione per la pubblicazione su e-book omonimo – I edizione dicembre 2014 in vendita su diversi e-store tra cui amazon.it;

> Gennaio 2015 – Partecipazione col racconto intitolato "Il peso della verità" al contest letterario nazionale indetto da Donna Moderna e Scrivo.me (il portale di self-publishing della casa editrice Mondadori) intitolato "Parolexdirlo". Pubblicazione della raccolta di 41 racconti vincitori assieme a 13 storie dei migliori scrittori italiani;

> Marzo 2015 – Partecipazione con un racconto e una poesia (sezione "combinata") intitolato "Aneddoto di un giallo" al II concorso letterario nazionale "Storie vagabonde" e premiata come prima classificata.

> Marzo 2015 – Partecipazione col racconto intitolato "Non fu fuoco di paglia" al concorso letterario nazionale "RuleDesigner" e selezionata per la pubblicazione nell'antologia cartacea "Racconti emiliani".

INDICE